风铃鸟

马国兴　王彦艳　主编

风铃鸟系列美文读物

魔法鹅卵石

文心出版社

·郑州·

图书在版编目(CIP)数据

魔法鹅卵石 / 马国兴,王彦艳主编. — 郑州 :
文心出版社,2016. 5(2017.9 重印)
ISBN 978 - 7 - 5510 - 1140 - 2

Ⅰ.①魔… Ⅱ.①马… ②王… Ⅲ.①小小说 – 小说
集 – 中国 – 当代 Ⅳ.①I247. 8

中国版本图书馆 CIP 数据核字(2015)第 213444 号

MOFA ELUANSHI

出版社:文心出版社
  (地址:郑州市经五路 66 号　　　　邮政编码:450002)
发行单位:全国新华书店
承印单位:河南新华印刷集团有限公司
开本:700 毫米×960 毫米　　　1 / 16
印张:12
字数:150 千字
版次:2016 年 5 月第 1 版　　**印次:**2017 年 9 月第 4 次印刷

书号:ISBN 978 - 7 - 5510 - 1140 - 2　　　　**定价:**22.60 元

目录

Contents

花儿与少年 / 梁晓声 001

康熙字典 / 梁晓声 005

卫生王子 / 刘心武 010

真爱 / 聂鑫森 013

母亲和树 / 张亚凌 017

母亲与花草 / 张亚凌 020

榜样 / 秦俑 023

传递 / 陆樱 025

戴墨镜的书法家 / 陈亦权 028

蒲公英花开 / 沈宏 031

游戏 / 陈毓 035

名师 / 郑俊甫 038

一次简单的测试 / 郑俊甫 041

每个人都幸福 / 戴希 043

十六岁意味着什么 / 艾苓 046

我十五岁那年 / 艾苓 049

教授的青花瓷瓶 / 邵火焰 053

最美丽的语言 / 侯发山 055

撒手锏 / 范子平 058

女儿的班主任 / 范子平 061

蝉声 / 歪竹 064

种桃 / 张爱国 067

青春里漏掉的一课 / 沈嘉柯 070

十六岁的慢跑鞋 / 沈嘉柯 074

经历 / 津子围 076

寻找 / 喊雷 079

妄下的断言 / 苏丽梅 082

井不自知水多少 / 金昌 085

北京的京 / 金昌 088

请求支援 / 周海亮 091

青岛啊,青岛 / 刘兆亮 094

探花郎的后代 / 江岸 098

花喜鹊 / 江岸 101

名师 / 天空的天 104

特别的祝福语 / 王琼华 108

冬生的夏天 / 朱道能 111

守望 / 符浩勇 115

酸豆 / 符浩勇 118

生活中有时需要演戏 / 远山 121

小学校 / 陈武 125

马然的理想 / 田洪波 128

贵人 / 白文岭 131

熟悉 / 饶建中 134

魔法鹅卵石 / 武鸣 137

我想上学 / 秦小卓 139

一包红稗子 / 马卫 142

为老师买盐 / 李立泰 144

桥墩 / 万芊 147

一件呢大衣 / 万芊 150

最高学位 / 王海椿 154

远山的大学 / 赖全平 157

去古风中学怎么走 / 郭新国 161

我儿子是北大生 / 刘东伟 165

向一只伟大的知了致敬 / 宁柏 169

温暖的风 / 戚富岗 173

蚂蚁搬家 / 刘正权 176

疏忽 / 刘政权 179

全家福 / 朱耀华 181

花儿与少年

○梁晓声

有一个少年,刚上小学六年级,班主任老师多次对他妈妈说:"做好思想准备吧,你儿子考上中学的希望不大,即使是一所最普通的中学。"

同学们也都这么认为,疏远他不说,还给他起了个绰号——"逃学鬼"。

是的,他经常逃学。

他逃学的原因是多方面的,最主要的是贫穷。贫穷使他交不起学费,买不起新书包。都六年级了,他背的还是一年级时的书包。那书包太小了,而且像他的衣服一样,补了好几块补丁。这使他自惭形秽,内心极其敏感。往往是,其实并没有谁成心伤害他,他却已经因为别人的某句话、某个眼神或某种举动而表现得像遭了暗算似的。

妈妈不止一次地指出:"家里明明穷,你还爱面子!早知道你打小就活得这么不开心,不如当初不生你。"

老师当着他的面在班上说:"有的同学,居然在作文中表示对于别人穿的新鞋子如何如何羡慕。知道这暴露了什么思想吗?"

一片肃静中,他低下了头。他那从破鞋子里戳出来的肮脏的脚趾,顿时模糊不清……

妈妈的话令他产生负罪感。

老师的话令他反感。

于是,他曾打算以死来向妈妈赎罪。

于是,他敌视老师,敌视同学,敌视学校。

某日,他正茫然地走在远离学校的地方时,两个大人迎面过来。他们是一对新婚夫妻,正在度蜜月。

那男人说:"咦,这孩子像是我们学校的学生!"

他欲跑,手腕已被拽住。他认出对方是学校的少先队辅导员,姓刘。刘老师组织过小记者协会,他曾是小记者协会的一员……

刘老师向新婚妻子郑重地介绍了他。刘老师温和地说:"我代表我和我妻子,邀请你和我们一起去逛公园。怎么样,肯给老师个面子吗?"

他摇头,挣扎,没挣脱,不知怎的,居然又点了点头……

在公园里,小学六年级学生的顺从,让他得到了一支奶油冰棒作为奖品。虽然刘老师为自己和妻子也各买了一支,但他还是愿意相信是得到了奖励。

三人坐在林间长椅上吮奶油冰棒。对面是公园的一面铁栅栏,几乎被爬山虎的藤叶完全覆盖住了。在稠密的鳞片似的绿叶之间,喇叭花争先恐后,开得热闹。

刘老师说:"记得你当小记者时,写过两篇不错的报道。"

他很久没听到过称赞的话了,差点儿哭了,低下头去。

待他吃完冰棒,刘老师说:"老师想知道喇叭花是花骨朵儿的时候,究竟是什么样的,你能替老师去仔细看看吗?"

他困惑,然而跑过去了。片刻,他回来告诉老师,所有的花骨朵儿都像被扭了一下,必须反着那股劲儿,才能开成花朵。

刘老师笑了,夸他观察得很仔细,说喇叭花骨朵儿那种扭着股劲

儿的状态，是在开放前自我保护的本能。每一朵花，都只能开放一次。为了唯一的一次开放，自我保护是合乎植物生长规律的。他说花瓣儿越多的花，花骨朵儿越大，也越硬实，是一瓣包一瓣，一层包一层的。所以，越大越硬的花骨朵儿，开放的过程越给人以特别紧张的印象。若将人与花比，人太幸运了。花儿开好开坏，只能一次。人这一朵花，一生却可以开放许多次。前一两次开得不好不要紧，只要不放弃开好的愿望，一生怎么也会开好一次的。

刘老师说自己是农民的儿子，家贫，小学没上完就辍学了，是一边放猪一边自学才考上中学的。

一联系到人，他就听出，教诲开始了。他却没太反感。因为刘老师那样的教诲，他此前从未听到过。

刘老师话锋一转，说星期一要到他的班里去讲一讲怎样写好作文。

他小声说，自己决定不上学了。

老师问："能不能为老师再上一天？明天你可以不去学校，在家写作文吧，关于喇叭花的。如果家长问你为什么不上学，你就说在家写作文，是老师给你的任务。"

他听到刘老师的妻子悄语："你不可以这样。"

他听到刘老师说："可以。"

刘老师说："我星期一第三节课到你们班去。希望你在第二节课前把作文交给我，老师需要有一篇作文可以分析、点评。"

老师那么诚恳地请求一名学生，不管怎样，都是难以拒绝的啊！

他从没那么认真地写过一篇作文。

星期一，他鼓足勇气，迈入学校的门。在第一节课前，他就将作文交给了刘老师。

他为作文起了个很好的题目——《花儿与少年》。他写到了人生

中的几次开放——刚诞生,发出第一声啼哭是开放;咿呀学语是开放;入小学,成为学生的第一天是开放;每年顺利升级是开放;获得第一张奖状更是心花怒放……

他写道:每一个花骨朵儿都是想要开放的,每一个小学生都是有荣誉感的。如果一个学生像开不成花的花骨朵儿,那么,给他一点儿表扬吧。对于他,那等于水分和阳光啊!

刘老师读这篇作文时,教室里异乎寻常地肃静。

后来,他考上了中学;再后来,考上大学;再再后来,成为大学教授,教古典诗词,讲起词语与花,一往情深……

他是我的友人,一个温良宽厚之人。

那位刘老师,成为我心目中的马卡连柯。

康熙字典

○梁晓声

集市，即便在小镇，也还是热闹的。

少年面前的地上铺一张白纸，特白，闪着好纸的光芒。那是旧挂历的一页，是少年在集市上花一角钱买的——他自然舍不得花一角钱买，但馄饨铺的老板娘无论如何不肯白给他。

少年早上没吃饭就出了家门，走了二十几里才来到镇上。每逢集日，有私家小面包车往返于村镇之间，搭车却需花钱，两元。他是绝对舍不得就那么花掉两元钱的。

"都是去年的挂历了，你就扯一张给我，也不是什么损失。"

少年当时正在那铺子里吃馄饨，他锲而不舍地请求。

老板娘不为所动，一边忙一边说："不是什么损失？损失大了！你看那明星，结婚了，息影了。息影，知道怎么回事吗？就是再也看不到她演的影视剧了！一册挂历上全是她一个人，有收藏价值的。扯一张给你，不完整了。不完整了还有屁价值！"

少年一心想要那么大的一页纸，无奈，只得以一角钱买了一页。老板娘从挂历上扯下那一页时，表现出十分不情愿的样子，仿佛真吃了极大的亏。

现在午后三点多了，集市的热闹像戏剧的高潮过去了一般退去

了。少年仍蹲在那页白纸旁。白纸正中,摆着一部纸页破损的、颜色像陈年谷子似的字典。1949 年后,全中国再没有任何一家出版社出版过那种字典。它已没了原先的封皮,后贴上去的封皮上写着"康熙字典"。笔迹工整又拘束,是少年写上去的。这少年虽是农家孩子,竟凭着刻苦学习的一股韧劲考上了县重点中学。

在他的左边,是卖肉的摊位,从上午到此刻,买肉的人络绎不绝,卖肉的汉子忙得不亦乐乎。右边,是卖油饼的,生意也不错。农村人一年四季自家是炸不了几次油饼的,跟着大人们赶集的小孩子,十之八九要央求大人给买了吃。城乡差别,至今仍明明白白地体现在生活的细微处。而且,越是体现在细微处,越使农村的少男少女们做梦都想成为城里人。

这少年也有那样的梦。

真的梦是无逻辑的,人生的梦却须循着某种规律。

少年已经考上了县里的重点高中,到九月份,就是高中生了。那是他实现自己人生之梦的关键一步。他面临两种选择——要么住校,而那是他的家庭负担不起的;要么,买一辆自行车,哪怕是旧的,他便可以骑着自行车上高中了,尽管这样有些辛苦,却总归能圆梦。他在镇里一家旧货店相中一辆状况还算好的、半新半旧的自行车,是本省造的名牌,才卖八十元……

然而要拥有那辆自行车,他得先卖掉这部《康熙字典》。他父亲病故了,母亲已去南方打工,在某宾馆干最脏最累的活,一年挣不了几个钱。农村的家里,就这少年和奶奶朝夕相伴了。奶奶是绝对没钱给他买自行车的;写信向妈妈要吧,他清楚妈妈挣点儿钱是多么辛苦,不忍。并且他也清楚,妈妈正省吃俭用地攒钱,以备他将来考上大学的花费。

"孙子呀,明天是大集,你去把这个卖了吧,兴许碰上喜欢的,能

卖几十元钱……"

　　头天晚上，奶奶从箱子底翻出了《康熙字典》。于是，今天他蹲在卖肉摊和炸油条摊之间了。两个摊位相隔不过二尺左右，他是硬挤在那儿的。蹲在那儿的他、那页旧挂历纸以及纸上的《康熙字典》，太不显眼了，一直也没人在他面前蹲下。是的，他的腿都蹲麻了，越来越没有耐心，也越来越失去信心……

　　集市渐渐冷清，卖肉的和炸油条的，在他的巴望之下先后离去了。他和那页旧挂历纸的存在，终于算是比较显眼了。炸油条的摊位那儿，留下了几块烧过的炭，他捡起一块，在纸上写出一个大大的"卖"字。那是自打他上学以来写的最大的字。

　　终于，有一个男人在他面前蹲下了。

　　天已傍晚。

　　"哪儿来的？"

　　"爸爸辈传的。"

　　"有点儿意思。"

　　"字典有什么意思不意思的，是有收藏价值！"

　　"多少钱卖？"

　　"六十。"

　　"三十！"

　　"六十，不二价，少一分免谈！"

　　少年一心想着那辆旧自行车，像他那些早恋的男同学，心里只装得下某个女生，为了对她表示忠诚，绝不肯做她不高兴的事。他早已靠卖废品存下了二十元，字典卖的钱少了就买不成那辆自行车了。

　　又有四个人围住了少年。其中一人三十六七岁，隔街走过来时，左腿一瘸一拐的。他对字典的兴趣挺大，拿在手中翻看良久。少年将希望寄托在他身上了，因为他看上去是四个人中较有文化的一个。

不料偏偏他说:"这字典其实没什么收藏价值,不过是1949年以前商务印书馆出版的学生字典而已,至今民间仍多的是。而且,显然做了手脚,把最后一页撕掉了,最后一页肯定印着出版年份什么的……"

"没做手脚!"

少年愤怒了。他确实撕掉了最后一页,但不是为了骗人,而是由于最后一页太破了……

少年的辩解已经无济于事。他用半页挂历纸包起字典离开小镇时,天已黑下来。

"那孩子,请过来,帮帮我!"

半路,有个人坐在路边向他求助。他听出是那个坏了他事的男人的声音。他看都不看一眼,昂着头,故意放慢脚步从那人身旁走过去。

"孩子,我坐在这儿多危险啊……"

少年尽管恨他,但还是站住了。接着,转身走向了那人。原来那人的左腿有半截是假肢。他因为躲一辆卡车而摔倒,假肢的关节处摔坏了,站都站不起来。他的处境无疑很危险,路那么窄,两车交错时,不被压到才怪呢!

他是县重点中学的一位老师,教数学。开学后,任班主任的他手持名册点名时,意外地看到那卖《康熙字典》的少年应声站起,他顿时愕然……

下课后,老师将他引到无人处,说:"那天我是要回农村父母家。谢谢你帮我!"

学生说:"不用谢,我应该的。"

"字典卖掉了吗?"

学生摇头。

"我收回我的话,因为老师说得不对,那本字典其实很有收藏价

值……"

学生的目光望向别处，不言语。

"卖给我吧，我出二百元。"

"我不能和老师做交易！"

学生说罢，转身跑了。

过了几天，老师旧话重提，学生还是说不能和老师做交易。

"老师跟你说过几次了，你都不给老师一点儿面子吗？你本来就是想卖的，不是吗？有收藏价值的东西应该由知道它价值的人来收藏，对不对？"

最后一次，老师有些生气了。

于是，老师得到了《康熙字典》，学生得到了一辆自行车，新的。

三年弹指一挥间，那一届高中生毕业了，那个学生考上了上海交大。而那一个班的学生，毕业前送给老师一个纪念瓶，内装四十八名学生写的字条，每一张字条上都写着学生对老师的祝福。

那位老师，每当心情不佳时，就会从瓶中取出一张字条展开来看。看过，心情往往会好点儿。

有一天，他又从瓶中取出一张字条，只见上面写的是："老师，我明白您为什么非要买我那本《康熙字典》，也明白了某些东西的真正价值是什么。"

那位老师的眼睛就湿了。

卫生王子

○刘心武

鞠老师教他们班,常强调学习代数几何的重要意义之一,是训练逻辑思维的能力。一次她发挥这意思时随口说道:"我们的日常生活,都是在一定的逻辑关系里,比如,灶台上不能摆花盆,厕所里不能住人……"没想到说出这句话以后,班上许多同学都情不自禁地扭动脖颈,朝王立民那里望去。王立民虽然望着鞠老师,可表情相当蹊跷……鞠老师莫名其妙,但也没有深究,顿了一下,就继续讲课。

鞠老师没当班主任,因此对班上同学的情况不怎么清楚。一次下课在走廊上,她听见有同学朝王立民喊外号"卫生王子",觉得很刺耳。"王子"嘛,平心而论,王立民还真长得有些白马王子的味道。鞠老师模模糊糊知道他是个借读生,父母都是外地来京的农民工。按说从穷乡僻壤来的孩子,该长得像个土疙瘩,但王立民却不仅身材颀长,脸庞还挺秀气,最奇怪的是鼻梁高高的,眼窝深深的……鞠老师暗想,王立民的家乡,也许很久以前,有欧洲罗马军团的散兵败将流落到那儿,定居下来,与当地人通婚。王立民的遗传基因里,说不定有欧洲人种的成分……但这些顽皮的同班男生,偏在"王子"前头冠以"卫生"两个字,真是岂有此理!一阵胡思乱想,也就穿过走廊回到教研室,坐回自己办公桌边,思绪转到下堂课怎么教上。

那天是个星期天，鞠老师骑自行车去串了个门，回家的路上，有点内急，就停在了街边一个公共卫生间外面，锁好了车，往女厕所那边去，忽见女厕所门外支了个黄塑料的"暂停使用"的牌子，未免不快。正犹豫时，在里面打扫完卫生的人拿着拖把走了出来。呀，怎么会是王立民？鞠老师不禁问："你怎么在这儿？"王立民说："我妈病了。""你妈病了你怎么还在这儿义务劳动？"鞠老师知道他们班班主任常组织同学参加公益活动，还学美国中学，根据参加的次数和表现给评分……王立民收起"暂停使用"牌，鞠老师进去方便完了，出来看见王立民又拿着大扫帚在打扫公厕门外的地面。王立民暂停打扫，朝鞠老师微微一笑。鞠老师问："你妈去医院了吗？要紧不要紧？"王立民指指男女公厕之间的那个位置说："我妈就在那儿。"

这时候鞠老师恍然大悟。如今北京建造了不少这样的新式公共厕所。外观很不错，里面很干净，当中是个宽敞的大门，大门里面有个分流的空间，一边可进入男厕，一边可进入女厕，当中呢，其实还有窗有门，不过以往鞠老师从未特别注意过那门里窗里是个什么空间……她被王立民引进了那个空间，白布帘子里，居然是个麻雀虽小，却五脏俱全的人家！"妈，这是鞠老师！"王立民的母亲从双人床上坐起来，笑着说："没啥事，就有点发热，身子软……"在那间屋子里，又另有布帘子竖着隔出一个空间，里面是王立民的单人床和小书桌。想起自己在课堂上说过"厕所里不能住人"的"逻辑"，鞠老师有些难为情。

一声"王子"，一位班上的女同学进了屋，原来她是送药来了。那活泼的女孩见到鞠老师一点也没觉得惊诧，只是说："您带来的是什么药？别重复了才好！"王立民的母亲说："原来有病，就硬扛。现在关心的人真多。还有好消息，说是俺们这样的，也要纳入医保哩。"鞠老师坐在床边跟王立民的母亲聊了起来。原来王立民的父亲在绿化队干活儿，回家吃饭、睡觉，有时候全家一起看看电视。电视机挤放在

屋子一角,是被淘汰的样式,也没接有线电视,但是所能看到的几个频道的图像、声音都还清晰,他们很知足。

眼看王立民他们初中就要毕业了,那天王立民跟班主任谈完话,又来找鞠老师,说是来告别。鞠老师没理清那个逻辑:"为什么不继续在咱们学校念?你中考考本校不成问题呀!"可是没等王立民吱声,鞠老师又恍然大悟——王立民只是个借读生,他回老家去念高中,好在那边考大学。

那天参加了那个班为王立民开的惜别班会,鞠老师回到家中,爱人跟她说,煤气灶换了新的,旧的暂搁阳台。鞠老师走到阳台去,忽然有了个主意,把两盆花搁到了旧煤气灶的灶眼上,偏头欣赏,对自己微笑着先摇头,再点头……

真 爱

○聂鑫森

刘立从一所大学的汽车制造专业毕业了。

父亲刘山对他说:"孩子,从现在起,你该独立生活了。我给你五千块钱。以后,我就不给你提供任何费用了,你得去自谋职业。"

刘立一下子愣住了,父亲开着一家中型汽车配件制造厂,难道不需要人手吗?

刘山又说:"我这里没有多余的职位,你得到外面去找。"

刘立说:"我妈不在了,你对我就这样狠!"

他心里想,父亲肯定是要成家了,一定是未过门的继母怂恿他把儿子打发得远远的,将来好独占这一份不薄的家产。

刘立抹去了眼角的泪,揣上五千块钱,坐火车去了南方的一座城市。

他在一家宾馆住下来,每晚住宿费一百元。白天在外面奔跑,到一个一个单位去应聘,饿了吃一份盒饭,渴了买一瓶矿泉水。他不相信一个本科生,一个威威武武的男子汉,会找不到一份不错的工作。

一个月过去了,居然就没有一个单位看上他。不,说得准确点儿,是他没看上那些岗位。人家只需要技术工人,他能下到车间去干活儿吗?

口袋里的钱没剩多少了,他急呀,急得心火比这盛夏的太阳光还要猛烈。

一天下午,当他从一家公司失望地走出来时,眼前一黑,晕倒了。

隐约中,他觉得被一个矮个子中年人抱起,然后坐上了一辆出租车,飞快地去了一家医院。

醒来时,医生告诉他:"小伙子,你中暑了。送你来的那个矮个子中年人,是你的亲戚?他给你把医疗费都付了,还在你枕头下塞了些钱和一张条子。"

刘立感动得哭了起来。这个矮个子中年人,与他素昧平生,这样地充满爱心。而父亲——那个英俊潇洒的男人,却对他冷若冰霜。

他掀开枕头,果然发现两千元钱和一张字条。字条上有几行字:不知名的小弟弟,你一定是来找工作的,我劝你别挑挑拣拣了,先找个能解决生计的地方吧。出医院向右那个街口,有一家修理行需要人。

出院后,刘立在那个街口找到了那家修理汽车和摩托车的小修理行。这里只有一位老师傅,他既是老板又是工人。刘立请求在这里当个修理工,工资不计较,只要有地方住有碗饭吃就行了。

老师傅说:"你不嫌弃,就来吧。我也姓刘,孤零零一个,正好有个伴。"

刘立成了这家修理行的一个工人,住在这里也吃在这里,干活儿很卖力。他的心忽然踏实了许多。他学的是汽车制造专业,加上刘师傅的指点,在技术上进步很快。

晚饭后,一老一少坐在店堂里,吹着咔咔响的电扇,喝着茶,聊着天儿。

刘师傅问他家里还有没有父母兄弟。

刘立说:"什么亲人都没有了,我是在孤儿院长大的。"

刘师傅叹了口气,说:"孩子,你命苦。"

半年过去了。

有一天，刘立上街买回一张报纸，发现上面有一则广告，一个小汽车修理厂招聘厂长，条件：男性，三十岁以下，本科学历，有一定的实际工作经验。

他对刘师傅说："我想去试试。"

"你读过大学？"

"嗯。"

"应该去！跟着我无非是混碗饭吃，你得去闯出个大天地。"

第二天，刘立去了招聘现场，先是文化考核，再是面试。然后，那些考官们异口同声地说："小伙子，这厂长就是你了。"

真像是做梦，刘立当上了这家汽车修理厂的厂长，月薪三千元。

这个本不起眼的小厂，在他的调理下，业务逐月上升。他吃在厂里，睡在厂里，很少坐在办公室，而是穿着一身工装，和工人们一起干活儿。

一年后，这家小修理厂扩充了几个车间，增加了不少员工。在本市的报纸上，出现了赞扬刘立的文章。

只有在夜深人静时，他才会想起远在千里之外的父亲。父亲是不是又成家了？是不是在甜蜜的生活中还惦记着这个漂泊在外的儿子？他好几次要给父亲打电话，告诉父亲他真的自立了，有出息了。但转念一想，算了吧，别自作多情了。

日子飞也似的过去了两年。

有一天，刘立在车间正忙着，手机响了，竟是父亲打来的。父亲告诉他，他患肝癌住了院，而且是晚期，恐怕没多少日子了，很想见他一面。

刘立的眼里立刻盈满了泪水。

刘立坐飞机回到生养他的这座城市。

在父亲的床边,站着一个矮个子中年人。刘立觉得在什么地方和他见过面。

"立儿,我恐怕不行了。在让你外出找工作的时候,我就有病了,但我没告诉你。我创下的这份家业不容易,你没吃过任何苦,要守住它,要扩展它,难呀。于是,我狠下心,把你'逼'出去。但我高薪聘请人,一直守护在你身边。"

刘立问:"是吗? 真的吗?"

刘山指了指床边的矮个子中年人,问:"你认识他吗? 是他把你送到医院的,是他给你留下钱和字条,是他安排你进了那家修理行。"

矮个子中年人朝刘立点点头,说:"我一直在你身边,你的情况我每天向你父亲汇报,真的。"

刘立什么都明白了,他呜呜地哭了起来……

母亲和树

〇张亚凌

母亲最爱说的话就是,人哪,活成树就好了。

母亲总爱拿树说人论事。在母亲的眼里,树是那么神奇,神奇到我们都应该当神灵供奉着。

我家厕所边有棵杨树,打我记事起就很粗很高大了。它似乎憋着使不完的劲儿,一个劲儿猛长。不等我上小学,它身上的皮儿都爆裂开了。我想,是它的热情太高长得太快了,以至于皮的生长赶不上里面生长的速度。

一次,母亲拍着杨树身说话了,那会儿她旁边只有正闹肚子的我。

"这树哇,它肯定在寻思:把我栽到哪儿是人的事,长得好坏是我自己的事。人哪,都像树就好了。"见我满脸不解,她又说了:"你看,又不是栽在院子里栽在大门口,没人看没人理,还长得这么粗。这要是人,还不憋屈死了?你不懂,你太小了,大了就懂了。"

厕所边的一棵臭树,也值得夸?我还是不解。

院子里有两棵树,也不知是谁在两棵树间拉了根粗铁丝,铁丝上穿满一节一节短小的竹筒,是用来晾晒衣服被褥的。我第一次帮母亲晾衣服的情形至今还记得:

踩着小板凳,胳膊高高举起,还是够不着,以至于没拧干的水顺着

我的胳膊流进衣服里。"再想想办法。"母亲笑着鼓励我,"只要搭上去就行。"于是,我使劲一甩,衣服就搭上铁丝了。

母亲也经常说到院子里这两棵树,说时满脸都是敬畏。"树就是皮实,铁丝勒得那么深,树汁流过就流过,继续长,皮实到摆脱不了铁丝越来越深的伤害照样长。搁在人身上,还不得破罐子破摔了?"

看《士兵突击》那会儿,媒体对许三多好评如潮,说他身上有可贵的精神,那就是不放弃。母亲的评论很简单很明了:"就像咱家的树,不记疤只顾长。"

母亲也常指着门口那棵歪着长的树数落我,童年的斑斑劣迹就穿越岁月清晰起来。

小时候,一放学,我就如百米赛跑般飞到家门口,书包一扔,从台阶上猛一跳就攀住了树枝,而后就荡起秋千。当然是和对门的胖妞比赛了,她家的树没我家的高大,站在地上,一抬手,就攀住树枝了,荡起来自然没气势。

后来母亲发现了,吵了我,可我还是不放过那棵树,照旧荡,还越荡越高。母亲也就骂句"疯女子",懒得搭理我了。时间长了,先是那一枝斜下来,后来,整棵树看起来都歪了。

那年高考失利,我很颓废,整天窝在家里羞于出门。母亲再次说起门口的树。

"树的性子多强,压弯了,就弯长;弄断了,从旁边再长。树不知道它遇上啥,遇上啥它都要长……人,就要学得像树一样皮实……"

当时母亲还说起邻家婆婆,说她凄凉的境遇,说她就是像树一样的人:儿子还不到三十岁说没就没了,儿媳改嫁了,撇下两岁不到的孙子;好不容易把孙子拉扯到了十八岁,要去上大学了,想出去玩玩放松一下,游泳,就再也没有上来。多少年了,邻家婆婆现在精神不也很好?她是想通了,命里注定没人陪她,就得自家好好活。这人哪,谁也

不知道会碰上啥事情，碰上了，就得熬过去，就跟树一样。

母亲爱拿树说事，慢慢地，我也学会了看着树思考。以至于在母亲去世的今天，我依旧喜欢用树的方式诠释人世。

如果说，叶儿是树的子女，年年岁岁，成千上万的叶儿，一季飘落，归于尘土。岁岁年年，叶儿复绿复枯萎。一世的别离，我们尚且难以忍受，树们的心里，该不会被悲伤填满？

母亲离去了，纵然心里装满悲伤，我也得好好生活下去。因为举目四望，到处可见树的身影，每一棵树下，都站着我的母亲。

母亲与花草

○张亚凌

　　母亲其实一直很矛盾,她并不赞成我在单元那狭窄的阳台上养花种草,总觉得那样太委屈它们了。

　　母亲曾说,花花草草都有根,根咋能离开土太远?单元上养,就像把花草悬在半空中,花草心里总不会太踏实吧?我住你的单元就不如住村里的院子踏实。

　　事实上,母亲又的的确确很热心地帮我侍弄着花草:她总觉得被乳胶漆、免漆板、塑钢包裹得严严实实的房子缺少生气。有了花草,房子才会有人气儿,才适合住人的。

　　以母亲的理论,阳台上养花种草,已经委屈了它们,就得殷勤照顾了。恰巧我的阳台又是露天的,给了母亲表现的机会。那些要见阳光又不能暴晒的花草,她就殷勤地挪进搬出;大叶子的橡皮树,每一片叶子她都轻轻擦洗……每一种花草,只要我交代了注意什么,她就会很用心地照办。

　　母亲喜欢和我说花草的事:养花养草,不能爱起来一天浇几次,不想搭理了几个月都不管,就像养娃娃一样,最怕没耐心没常性……

　　不过说真的,母亲倒有一种能耐:看到花草一定会联系到什么,看到别的什么也大都能说到花草上。

母亲浇花草,特别是深秋、冬天或刚开春,总是先将一盆水在阳台上晒一天,她说那样的水性温点,就惊吓不了花草。一次,我们外出几天归来,母亲径直就到阳台看她的花草们,我则随手接了盆水端过去。

"这个盆子不行,洗脚盆能浇花?"母亲推开了盆儿,"盆儿就是花吃饭的碗,不能随便的。"

母亲爱花爱草,爱到绝不会随便用其他盆儿浇花草。

也记得朋友送来一盆花,当时我很兴奋,就告诉母亲:"这叫'黄金万两',还叫'银钱翻浪',好好养,养心情,也养日子。"

"名字起的就是好听,唉,现在的人,走到哪儿都是买名字卖名字的。"母亲脸上也有笑,是让人能感觉到的勉强的笑。"你还记得请妈吃'一口香'不?十块钱一份,不就是大街上一块五一碗的凉皮?"

事实上,母亲并没有因为那阔气吉祥的名字而优待那盆花。这,我是看在眼里的。

母亲爱花爱草,爱得一视同仁,从不厚此薄彼。

我应声拉开房门时,母亲手里捧着还带着土的花。见我一脸诧异,可不是,哪有卖花不带盆的?母亲解释说,她在绿化带旁发现了这花,八成是别人拔了不要的,就带回来了。母亲就把它养在了一个大纸盒里。

母亲爱花爱草,爱得彻底纯粹,别人扔的快死的花,她都能捡回来。

事实上,母亲是不讲究花盆的。那些从母株中分出来的小苗儿,母亲就用大小差不多的纸杯、一次性饭盒等等养着。别人笑母亲时,她却说,养在哪里都是养,心里惦记着就行了。

母亲虽不讲究花盆,却要求花盆和花大小相称。她觉得,小花就得栽到小盆里,花就没负担,就能长好。小花要是栽到大盆里,它就发愁得长那么大,心里有了负担就不好好长了。反过来,把大花栽到小

盆里，它就觉得憋屈难受，性子就暴躁，就胡乱生斜枝地疯长……

母亲爱花爱草，爱得大度，爱得不拘泥形式。

别人来我家串门，对哪盆花草多看几眼，再赞美几句，她就断定人家是看上了这盆花的，就会说"你喜欢就端回去"，真真是一副"赠人玫瑰，手有余香"的高姿态。以至于了解了她脾性的人，都不敢当面夸赞她花养得好。

母亲爱花爱草，爱得不管养在谁家，爱得无私。

有时，母亲也看着花草们顾自唠叨：

你们真恓惶，碎盆盆碎罐罐的，长不开。哪像我院子里的花，那么大的地儿，由着性子可着劲儿长……

每次和我从花店里转出来，母亲都想不通：

养就好好养吧，还要把人家的枝枝干干扭来扭去，该多难受？那么粗的根上长两片嫩叶叶，就像秃头上戴花发卡，要多难看有多难看。

母亲爱花爱草，出于本性，爱得自然。

看着满阳台的花花草草，我常想起母亲。我想母亲了，也会坐在阳台上看花花草草。恍惚间，就看见了母亲的容颜，泪水，便模糊了我的眼睛……

榜　样

○秦俑

　　峰子最后还是选择了回家乡教书。当同学们去火车站送他时,峰子不知怎的就想起了一句悲壮的古诗:壮士一去兮不复还。

　　先要到县教育局报到,签了字后,办公室的同志瞪着一对金鱼眼问,你是师大毕业的? 峰子什么话也没说,背起两大袋子书和行李,头也不回地搭车回了家。

　　父亲见峰子回来了,远远地迎上去,说,工作找好了吧?

　　峰子没吱声,把行李往父亲手上一放,进屋"咕嘟咕嘟"喝了一大杯水,然后才说,省晚报让去做记者,没去。我想回村里学校教书。

　　父亲颤着声问,是不是在学校里犯了事?

　　年年都评为三好学生呢,怎会犯事? 峰子坐了下来。

　　那怎么回咱这破村?

　　学校不是少了老师嘛。

　　父亲愣了好一阵,叹了口气便去张罗着煮面条。

　　峰子早没了娘。他看着驼了背的父亲,心中不由得惴惴不安:父亲要是骂他一顿,或者打他一记耳光,他的心里也许会好受一点。

　　吃过面,峰子便去村里的学校找校长。说是学校,其实不过四间茅草土坯屋,屋旁边竖着一根四五米高的木杆,上头飘着一面早已发

白的旗。学校长年驻校的,也只校长一人。

峰子在学校的自留地里找到了校长,校长正戴着那副掉了一条腿的老花眼镜,在地里侍弄自己种的蔬菜。

峰子轻轻地叫了一声,校长。校长回过头,眼镜差点就掉到了地上。他见了峰子,脸上的笑便浮了上来,说,峰子回来了。

我是来向您报到的,我也来学校教书,以后我就是您的部下了。

你……校长激动得什么话也说不出来,只是汪了泪,顾不上擦泥巴,就紧紧地握住峰子的手。

校长破例炒了一盘蛋,邀峰子喝一盅。校长一边喝酒一边说,你考上大学那年,学校里的娃儿就多了一倍,大家都把你当榜样呢。

峰子就想起往年的寒暑假,他一回家,总有东家西家的请他到家里吃饭教课,说是要自家的娃子学他的样。

可是,这一年暑假过去,也没见哪家有人来请他。和乡里乡亲的见了,还有人不相信地问:峰子,你真回村里教书? 峰子就爽快地回答:是!

到秋天开学了,报到的学生竟暴减到往常的三分之一。校长和峰子都不明白:老师多了,学生怎么反倒少了?

于是峰子拿了一份花名册挨家挨户去问,问来问去,都回答说:我家的娃儿不念书了,过两年让他到外面打工去。

峰子说,孩子还小,怎就不让念了?

念了书没用。

怎没用? 念了书可以考大学啊。

对方就不吭声了,任峰子怎么劝说也没用。等峰子一脚跨出大门,后边就传来轻轻的嘀咕:上了大学又怎样,还不照样回家种地……

这话刺得峰子的心一阵阵地痛。

跑了几天,来报到的孩子没见增多。倒是县教委捎了信过来,说是让峰子去领"扶贫助学志愿者"奖章,他成了全县教师的榜样呢……

传　递

○陆樱

　　小敏原来是一个开朗活泼的女孩,她善于把微笑与快乐传递到每个人的心里。可是现在,她整个人都变了,因为那年冬天的一次车祸,使她失去了双腿,也失去了继续乐观生活的勇气。同学、亲人想尽办法开导小敏,还是无济于事。

　　在遭遇车祸前,小敏是个自信的女孩,高高的个子,优异的成绩。大家都说她是个全能的孩子,文化成绩好,又有艺术细胞。她擅长绘画,当然舞蹈跳得也很好。可是,如今的小敏一看到自己现在的样子,就没有勇气面对。她不能再跳舞了,生活中还必须依靠轮椅生活,一想到这些,她就开始讨厌自己,讨厌生活。

　　她的成绩开始下滑,因为不能跳舞了,她对绘画也提不起兴趣。夜里睡不着觉的时候,她就开始听收音机。那时候,电台里有一档节目,叫作"心灵驿站"。在这档节目里,主持人小薇常常用她柔美的声音解决收音机前听众的烦恼。每次节目后的那首《阳光总在风雨后》总是让人感到温暖,并让人产生快乐生活的勇气。

　　对于小敏,这样的节目也是遭遇挫折后唯一的安慰了,听到小薇的声音,她就能感觉到一丝温暖。渐渐地,她成了这档节目的忠实听众。她也试着向小薇求助了。

"收音机前的听众朋友,大家晚上好。这里是'心灵驿站',我是小薇。希望今天的节目能给您带来温暖。现在让我们接听一位听众朋友的来电。"

"小薇姐姐,你好。我是'心灵驿站'的忠实听众……"

"这位听众朋友好像是位小女孩,对吗?"

"是的,我今年十六岁。"

"这位小妹妹,这么晚了还在听广播吗?早点休息哦,明天还要上课。"

"我不想上课,上课没有意思,生活也没有意思。"

"请问你遇到了什么困难吗?"

小薇刚问完问题,连线就断了,小敏并没有把自己的情况说出来。可是以后的每一天,她依然在深夜的时候守在电台旁,聆听小薇的声音。她终于鼓足勇气,又一次在小薇的节目中打进了电话。这次,小薇听出了是她的声音。

"这位听众朋友,你好。有什么需要跟我们倾诉的吗?"

"你好,小薇姐姐。"

"你是那天打进电话的小妹妹,对吗?"

"是的。小薇姐姐,我在一场车祸中失去了双腿。现在,我不知道该怎样生活,生活对我来说,已经没有希望了。"

"小薇姐姐,我想见你,可以吗?"因为是在录制节目,小薇并没有多说什么。

"请你先留下联系方式好吗?"

小敏把家里的电话留给了小薇,往后的日子里,她开始了期待。小薇觉得这是个特别的女孩,她决定去见见她。她们约在了一家咖啡厅见面,并且说明了彼此的特征。

小敏到咖啡厅的时候,便开始寻找小薇的身影。其实小薇早就坐

在那里等她了。"小敏。"小薇先认出了她。小敏四处寻找,眼光开始落在一个人的身上。她有点不相信自己的眼睛,喊她的是小薇姐姐吗?因为眼前的小薇也是一个残疾人,她坐在轮椅上。

然后,她才真正开始走近小薇。她是一个小儿麻痹症患者,所以一直在轮椅上生活。但是,因为她对生活充满了热爱,她坚强地活着,并且成功地成为了一名播音员,将快乐与温暖尽可能地带给更多人。

小敏听完了小薇的故事,不禁流下了眼泪。

"小薇姐姐,为什么我没有你这样的勇气?"

"总要有个调整的过程,你也会好的。生活,不要总想着自己失去的,没有的。要想想自己拥有的。往好处想,你就会看到阳光。"

听完小薇的话,小敏似懂非懂地点了点头,擦了擦眼泪。"小薇姐姐,我要向你学习。"

"相信你一定会找回原来的自己,因为小薇姐姐也是这样过来的。对了,你有什么爱好吗?"

"我喜欢舞蹈,绘画。可是我现在不能跳舞了。"

"那么你可以画画啊,画画同样充满乐趣。"

她们在愉快的聊天中告别,往后的日子里,她们成了好朋友。小薇把小敏当成妹妹,小敏呢,也把小薇当成自己的亲人。无论烦恼还是快乐,她都会向她倾诉。

时光飞逝,转眼小敏已经从艺术学院的美术系毕业好几年了,她已经成了市内小有名气的青年画家。一天,小薇在节目中跟大家说起了小敏,并且告诉大家小敏的一幅画刚刚得了一个大奖。后来,很多人都看到了那幅画:一个坐在轮椅上的女子,正在用声音传递微笑与快乐,这幅画的名字叫作《轮椅上的梦想》。

戴墨镜的书法家

○陈亦权

刘三的字写得实在太差太难看了,差得几乎让每一位老师都无法轻易认出他在作业本上究竟写了什么。

刘三已经被老师批评过无数次了,但丝毫不起作用,似乎他的手天生就与写字无缘。那天放学前,他因为作业本上的字太潦草而被班主任胡老师罚抄五遍课文。

第二天一早,刘三走进胡老师的办公室,但胡老师不在,里面坐着一位戴墨镜的中年男子。

"老师您早,请问胡老师什么时候来?"刘三怯怯地问。在学校,他把任何一位不相识的人都称为老师。

"胡老师?她去食堂了,有什么事吗?"那位戴墨镜的中年男人说。

"她罚我抄的课文我抄好了,想交给她。"刘三再次怯怯地说。

"罚你抄课文?为什么?"那位中年男子问。

"因为我的字写得太差了,所以胡老师罚我。"刘三说。

"能让我看看你写的字吗?"中年男子边说边把手伸了过来。

刘三把作业本递到他手上,他仔细地看了之后,惊诧地说:"不!这字不差,反而很有自己的特点!来,你过来。"

"不差？有特点？"刘三惊喜地走到中年男子的身边，那人接着说："你看，你的撇和捺都非常稳，还有你的钩也非常有劲。这些都是你自己的特点，很耐品！你写的字非常有重心，结实。不过，有一个不足的地方。"

"哪儿不足？"刘三急切地问。

"就是你没有用心！你在抄写课文的时候只想着把课文抄完，而不是想着把字写好。"中年男子认真地说，"我说得对吗？"

刘三觉得他说得确实对。刘三开心极了，原来他的字写得并不差，而且很有自己的特点！在这一刻，他深信只要再用心一点，他的字一定会写得更漂亮。在离开办公室之前，刘三问那位中年男子："请问，您也是老师吗？"

"不，我是一位书法家。"戴墨镜的中年男子回答说。

刘三简直无法相信，他的字竟然得到了一位书法家的表扬和赞赏！刹那间，刘三觉得自己完全可以写出更好的字来，于是他决定把本子拿回去重新抄！那天，他放弃了所有的课外活动时间，终于在放学前完成了这次罚抄的作业。而且刘三在抄的时候，总是想起那位书法家的点评，他认认真真地写着每一个字，发现自己可以把撇和捺写得更好，可以把钩写得更有力，把字的重心写得更稳……

当刘三把重抄的本子交给胡老师时，她竟然有些惊诧地问："这些是你自己写的吗？我早就说过，你不是写不好字，而是你不认真写。"口气中带着几丝宽慰。

从那以后，刘三在写字的时候总会多想想该怎样把字写得更好。渐渐地，他再也不怕写字了，胡老师也不再罚他抄写课文了。刘三的学习兴趣也因为爱上写字而变得更浓，特别是写作！一年后，刘三的作文被胡老师当作优秀作文贴在了班级学习园地上，他兴奋极了，那是他曾经想也不敢想的事情！

三十年后,刘三成了一位非常有名的作家和书法家,于是对当初那位戴墨镜的书法家产生了几分特别的感激之情。确实,如果不是他伯乐识马,刘三哪会有足以改写一生的信心?

刘三隐隐觉得那位书法家应该与胡老师相识,要找到那位书法家,就必须找到胡老师。有一年,刘三回老家探亲,几经周折终于来到胡老师家,胡老师和她的老伴坐在客厅里陪他聊天。她的老伴,一个七十多岁的老人,在家里而且还是在招待客人的时候,竟然还戴着一副墨镜,这让人很难理解,但正因这样,他对这位老人多留意了几分。刘三蓦然间觉得眼前这位戴墨镜的老人似曾相识:"您就是三十年前我在胡老师办公室里见过的那位书法家? 您还记得我吗?"

"我老伴哪是什么书法家啊,他是一位先天性的盲人,所以他走到哪儿都爱戴一副墨镜,真是失礼了……"胡老师笑着说。

刘三终于明白,原来他在三十年前得到的那些表扬和赞赏全是假的,而正是那些表扬和赞赏,为他扬起了心底的希望之帆!

蒲公英花开

○沈宏

一

山坳里,蒲公英一开花,布谷鸟一叫,山民们便脱去厚厚的冬衣,开始忙春天的活儿了。

我走进这个山坳时,随处可见那些白色冠毛结为一个个绒球的蒲公英,在风中摇曳着,飞舞着,好像在童话里。

山坳口,都校长正靠在那棵老榆树上抽烟,他的脸膛儿有点发乌,像是没有睡好的样子。他见到我,灭了烟头迎上来,说:"来啦。"

我说:"都校长,你好!"

都校长回道:"你好!欢迎你来!我先带你看看学校吧。"

学校很小,一个一亩地大小的操场,两间教室,还有一间是都校长的办公室兼寝室。都校长说:"我们这儿都是复式班,你教四、五、六年级吧,你学历高。另外,你将就点,在我的房里搭个铺,这个学校实在没别的屋子了。"

我是自愿报名来这个山村支教的。

二

山坳四面环山,离县城较远。不过村里很安静,麻雀站在屋檐下放声歌唱,花蝶在农家院子里嬉戏,倒也有点"桃花源"的味道。

早晨,都校长带我走进四、五、六年级的教室。孩子们一脸的兴奋。都校长介绍道:"同学们,这是新来的老师,以后就教你们了。你们都给我听好了,不准淘气!"都校长又对我说:"沈老师,我去上课了。"

我走上讲台,拿起那本牛皮纸封面的点名册,说:"同学们,我们先认识一下吧。我姓沈,名叫春分。"

这时,有位坐在前排的女生举手。女生长得较瘦弱,但眸子很清亮。我说:"你有什么事吗?"她站起身,说:"老师,你的名字听起来很女孩子气的。"下面的人一听,立马笑起来。我也笑起来,说:"我的名字最后一个'分'字,不是芬芳的'芬',而是分开的'分'。这是我妈给起的,听我妈说,她生我时,刚好是春分那一天。你们知道什么叫春分吗?"

孩子们颇为好奇地望着我,但没人举手。

"一年有二十四个节气,春分就是其中的一个节气。春分蝴蝶梦花间。好了,以后我会详细讲给你们听。"我打开点名册,说:"我们开始点名吧。第一位,卜达子。""到!"一位皮肤黝黑的圆脸男孩儿站起来,我朝他点点头。"第二位,都春花。""到!"就是刚才举手提问题的女孩儿。我朝她笑笑,说:"你的名字很好听。"她笑笑,有些害羞地坐下了。我又接着往下念……

第一堂课是社会课。该给孩子们讲点什么呢?我完全可以按照课本内容讲。可当翻开课本的时候,我突然异想天开地问道:"你们

知不知道世界上的伊拉克战争?"孩子们个个都睁大眼睛望着我,没人回答。

我说:"给你们讲讲这场战争吧。那是……"说着说着,都春花又举手了,问:"老师,这场战争死了多少人?"

我说:"在这场战争中,光平民百姓就死了上百万人。"

都春花眼里满含泪水,说:"他们太不幸了!"

我突然来了灵感,说:"我建议我们为伊拉克的儿童做点什么。"

顿时,下面活跃了。"老师,我们给他们捐点什么吧。""我把我们家的老母鸡也捐出来。""我家有玉米棒。""我们给他们写封信,祝福他们。"

"可伊拉克在哪儿呢? 我们的信寄不寄得到?"

三

在季节快要进入夏天时,山坳里野花烂漫。那天早上,我兴冲冲地走进教室时,班里两位女生急匆匆跑到我跟前。她们脸色煞白,其中一位女生说:"老师,出事啦……"

我急忙问:"出什么事了?"

女生说:"都春花……出事了……都是血……"

我见都春花趴在桌上,周围的同学都呆呆地望着她。我走到她跟前,摸摸她的额头,还好,没发烧。我问:"你哪儿不舒服?"她呆呆地望着我,点点头,又摇摇头。突然,我发现她那淡蓝色的布裙上洇湿了一片,像是一幅水粉画,几朵红梅含苞欲放。我抱起她跑到办公室。都校长进来一瞧,便问:"春花,你以前有过这种情况吗?"都春花眼直直地盯着我们,有些惊恐的样子。

都春花那惊恐的眼神深深烙在了我的心上。都春花休息了两天

来上课。我在黑板上挂出了两幅《男女生理图》。一看到这图片，男生们怪里怪气地大叫，女生们用手蒙住了双眼。我环视了一下课堂，说："大家别叫，也别害羞，今天我给大家上堂生理课。"

下面有个男生还在怪叫："老师，这上什么课呀？难看死了！"

我没理睬，而是继续往下讲："女孩儿的第一次月经叫月经初潮。大多数女孩儿的初潮年龄为十二岁至十四岁……出现初潮之前，女孩儿的身高突然增长……"慢慢地，课堂上静下来了，女生们也把手放下来。

我尽量用平和的语调解说："月经初潮是女性生理上一种自然反应……"我看了一眼都春花，她的脸颊有一片红晕，但她的眸子很清亮。

四

几年后，都春花考上了一所名牌大学。在我收到她的信时，也是都校长生命的弥留之际（肝癌晚期）。我拿着都春花的信拼命跑向都校长住的医院。一路上，那些蒲公英花在风中飘飞着。

尊敬的校长、老师：

你们好！在这蒲公英花开的季节，我有幸成为一名灾区的志愿者。我是在灾区的山坡上给你们写信的。灾区的山坡上蒲公英花飞舞着，这象征着生命的顽强不息……

记得我曾读过一段文字：每当初春来临，蒲公英抽出花茎，在碧绿丛中绽开朵朵黄色的小花。花开过后，种子上的白色冠毛结为一个个绒球，随风摇曳。种子成熟后，随风飘到新的地方安家落户，孕育新的花朵。她是那么不起眼，但她却依然不忘带着美好的愿望在空中自由飞翔……

游　戏

○陈毓

　　紫丁香花开的时节,母校迎来了五十周年校庆。

　　一个月前,我就收到了当年的班主任冯老师的邀请信。冯老师随信附着我们班被邀的同学名单——全是当年老师的得意学生,如今这些名字又钻石般在各处闪耀着光芒。虽没有像当年的刘邦那样高唱"大风起兮云飞扬",但看得出,回来参加校庆的学友还是一个个从内到外地披挂整齐了。毕竟,当年的懵懂少年,如今都过了而立,走向不惑,是多少都有了些"建树",并努力把这些证明给自己展示给他人的成年人了。

　　在充满了喜庆气氛的校园里,我们彼此握手寒暄,一时间,印满了各种头衔的名片就像雪片似的飞来飘去。大家的笑容很灿烂,却像悬浮在空中的彩球,有一些飘忽。直到白了头发的冯老师走出来叫我们的名字,如数家珍地数落我们当年的"劣迹"时,我们的双脚才落在地上。一时心中又有些惭愧,都纷纷放下端了半天的虚架子。局长阿琛还在自己的胖屁股上使劲拍打了两下以示自嘲,他的皮尔·卡丹上没有拍出一粒尘土,倒是他这一习惯动作让大家觉得又亲切又感动。

　　座谈会将要开始的时候,校门口出现了一阵骚动。在众目注视下,一辆凯迪拉克轿车开进了校门,最后停在我们眼前。车门打开,走

下一个全身名牌整齐得像时装店男模的人,他的手臂上锦上添花似的挽着个漂亮的女郎。

那男人跨了几步来和我们紧紧握手,嘴里呜呜啦啦地喊我们的外号。我们这才认出他就是我们班的阿芒,印象中他并不在被邀的名单之列。真是士别三日,阿芒再也不是那个功课总考不及格、整日只知道给女生写情书让老师头痛的阿芒了。只见阿芒穿越目光的丛林走到校长跟前,一个大鞠躬后将一张支票递给校长,朗声说:五十万元钱,是我献给母校五十周年的礼物。热烈的掌声中,老校长带头站起来向阿芒致谢,热情地拉阿芒坐到了主席台上。阿芒的这一举动让我们这几位同窗在高兴的同时心中又莫名地泛出些酸意来。

校庆结束后,阿芒执意邀请冯老师和我们几个同窗去市内最有名的豪门酒店,阿芒说,无论如何让大家赏给他个面子。酒酣耳热之际,我们都去掉最后的一点矜持,师生回忆着当年,感叹着似水流年。阿芒站起来斟了杯酒,恭恭敬敬地站到冯老师跟前,说,冯老师,您还记得毕业前我们的那个班会吗?

那是临近毕业的最后一次班会,晚自习铃声刚刚响过,班主任冯老师拿着大盒子走进了教室,他走上讲台,动情地说,就要毕业了,这是最后一次班会了,教了好多届学生,这是一个伤感的时节。在我们的注视下,冯老师打开盒子,说:"盒子里面是一本相册,是我教过的学生的照片,他们有的是作家,有的是科学家,有的是学者……他们都是些对社会有用的人。"末了,他问,"你们想不想知道他们是谁?"冯老师让我们挨个儿走上讲台去看,不许说话。

夏雪第一个走上去,她探头看了一眼,脸红了,又在老师"优秀教师"的祝福声中笑着跑回了座位。直到我走上讲台,我才知道那原来只是一面大镜子,老师的镜子。通过它,老师说出了他对我们的殷殷期待和深切祝福,也许还有警策。

那天最后走上讲台的是阿芒,他大咧咧地向那里一站,然后他呆了,冯老师没有说话。在大家心照不宣的沉默中,阿芒跑出了教室。阿芒那一声压抑的哭声似流星的尾巴,在没关紧的门边颤了两颤。

许多年过去,这事若不是阿芒提起,也没几个人记得,而阿芒却说了出来,偏偏在这种时候。

阿芒说,他一直忘不了那个班会,这些年来,他炒股,搞房地产,搞期货,什么赚钱他干什么,他努力着要成为老师心目中有用的人……

阿芒固执地擎着那杯酒,恳请道,冯老师,您能让我们再照一次镜子吗?已是醉眼蒙眬的冯老师站了起来,一一拍着我们的肩膀,一脸的凝重和严肃,最后,对阿芒说,那只不过是一个游戏。

冯老师跟跄着脚步出去了。阿芒擎着那杯酒荒凉地站在那里。

便有泪在阿芒的眼睛里汪着。

名　师

○郑俊甫

学校请了一位名师，打算给我们语文组的老师上堂示范课。校长说："让我们这所小城的中学也学点先进的教学方法，与全省一流接轨。"

名师叫王大鹏，省特级教师。

第二天一早，我们语文组的几个老师便整整齐齐坐在了高一(三)班的教室后面，殷切地期盼着这位仰慕已久的名师的到来。八点整，门一开，名师准时出现在了教室里。跟在校长的欢迎词后鼓完掌，大家多多少少都有点失望。站在我们面前的名师三十来岁，人长得清清瘦瘦，个子也不高，完全不是我们想象中的高大样子。

开课后，名师先来了段开场白："各位老师、同学们，大家好。今天，我不是来给你们上什么示范课的，而是来学习的。等会儿我讲课的时候，大家不要记笔记，只要动用两只耳朵就够了。如果我有讲得不对的地方，只管提，我这人脸皮厚，大家不要担心我找不到地缝去钻。有什么问题想提问，可以随时举手，我的话也不是金口玉言，打断了赔不了钱。如果你觉得我讲得不够好，可以看点闲书，也可以打打瞌睡。不过我要提醒大家，尽量不要交头接耳，以免吵醒那些打瞌睡的同学。废话完了，言归正传……"

名师的开场白赢得了一片笑声，还有不少掌声。我们几位听课的老师也憋不住笑起来。笑了两声，又都绷起脸，恢复了正襟危坐的样子。我在心里给这位名师的亮相打起了分，分数不高。我总觉得，一位老师在学生面前就该树立起师威，说白了，就是让学生有点怕你才对，怎么能这样嘻嘻哈哈呢？

不过说实话，名师的课讲得还不赖。他没有带教案，手里只捏着一支粉笔，却把课讲得言辞活泼，生动有趣，章法分明。讲课的间隙，还不时地穿插些互动游戏，让学生自己发现问题、提出问题、解决问题。课堂气氛极为活跃，始终没有出现看闲书和睡觉的现象。

但我还是认为，这堂示范课并没有什么特别出彩的地方，除了调动学生的积极性上有些特点，别的方面也实在有负"名师"的头衔。

临近下课的时候，名师又别出心裁点了几名学生，让他们谈谈这堂课的收获。被点的学生都很兴奋，先报自己的名字，再讲收益一二三。点到王旒的时候，出了一点儿意外。王旒没有老老实实报自己的名字，而是兀自走上讲台，在黑板上写下了"王旒"两个字，然后一脸坏笑地望着名师："老师，这就是我的名字。"

王旒是班上最调皮的学生，他的老爸也不知道从汉语大词典的哪个旮旯里翻出了这么一个字，给我们这些当老师的出了个大难题。据说王旒用这种办法，让不少初上讲台的老师下不了台。这道难题我也碰到过，不过我没有让王旒的阴谋得逞，因为这一损招，我让他在教室后面站了整整一堂课。

现在轮到这位倒霉的名师了。名师看看黑板上的字，又看看王旒，温和地说："比脑筋急转弯还难呢。不过我也要行使一下我的权力，底下哪位同学愿意帮我念一下？"

没有人搭腔，大家都屏息静气，等着看热闹。

"好……"名师转向王旒说，"这位同学，你的名字起得不错。不

过老师很惭愧,这个字我也不认识,你能告诉我吗?"

名师的回答让王旃一愣,也让底下的学生和我们这些听课的老师一愣。迟疑了一下,王旃回答:"王旃(zhān)。旃的意思是红色的曲柄旗。"

"嗯,寓意不错。"名师伸出了拇指,"谢谢你今天教了我一个字,也算是我的一字之师了。"说完,名师低下头向王旃鞠了一躬。

这大大出乎王旃的意料,也出乎我们大家的意料。片刻的宁静后,不知是谁带头鼓起了掌,紧接着,掌声潮水般淹没了我的思绪。

一次简单的测试

○郑俊甫

丹丹老师是光明小学二年级一班的班主任。丹丹老师是去年才从师专毕业的,因为教课方法灵活,模式新颖,她很快就开始独当一面。

丹丹老师不但课讲得好,还特别注重学生的素质教育。每周二下午的班会,丹丹老师都会把学生家长请来,与学生一起就一些很实际的问题展开讨论,互相学习。

这一天,照例是班会的日子,学生和家长早早地就坐在了那间大教室里。

丹丹老师来了,她微笑着站在讲台上,两只会说话的眼睛望着那些坐得端端正正的家长和学生,甜甜地说:"各位家长、同学们,在这次班会之前,让我们先来做一次简单的测试,好不好?"

"好——"学生们齐声回答,一个个脸上洋溢着兴奋的表情。

丹丹老师很满意,她说:"我先问一下同学们,谁记得自己的生日?知道的请举手。"

学生们齐齐地把手举了起来,教室里像忽然间长出了一片小树林。

丹丹老师环视了一下,说:"很好,请放下。下面,我再问一下同

学们,有谁记得自己爸爸妈妈的生日是哪一天?"

教室里出现了一阵窃窃私语的声音,家长们都在看自己的孩子,不少孩子都低下了头。虽然陆陆续续有人举起了手,可稀稀拉拉的。

丹丹老师没有就此结束,她接着说:"下面该家长了,记得孩子生日的请举手。"

又是一片茂密的树林。

"记得父母生日的请举手。"

一屋子的家长开始面面相觑,像孩子们一样,虽然陆陆续续有人举起了手,却还不到三分之一。

丹丹老师摇了摇头,切入了正题:"通过这次测试,我不说你们也都清楚了,家长和孩子一样,大家都不是太在意父母的生日。我们一直讲尊敬师长,不只是孩子一方面的事情,还有家长,家长也该以身作则,这样结合起来的教育才能事半功倍。"

丹丹老师正讲得声情并茂,教室里一个学生忽然举起了手,获准站起来后,学生问:"老师,您记得爸爸妈妈的生日吗?"

是个男孩,坐在最后一排,一个不显山不露水的位置。

教室里一下子安静下来,所有人的目光都投向了丹丹老师。

丹丹老师显然没有料到会出现这样的情况,她呆立在讲台上,一时竟然手足无措。

还是一个家长反应快,她站起来说:"丹丹老师一定记得的,星期天我去订蛋糕,恰好碰上丹丹老师,她也订了一个很大的蛋糕。丹丹老师还没有结婚,这蛋糕想必就是送给父母的吧?"

片刻的宁静后,不知是谁带头鼓起了掌,顷刻间,教室里掌声一片。

热烈的掌声里,丹丹老师悄悄转过身,揩了把脸上的汗。她想起了那个大蛋糕,还有男朋友看到蛋糕时灿烂的笑脸。

每个人都幸福

○戴希

苏浅老师教的是一群有先天性残疾的孩子。他们都喜欢苏老师，乐意找苏老师交心。

"苏老师,我真的不幸福!"一天,孙方杰突然对苏老师说。孙方杰是个双目失明的男孩。苏老师一惊:"你为什么这样想?""因为我看不见花草鸟虫,看不见蓝天白云,看不见真诚友好的笑脸,我……什么都看不见啊!"孙方杰的脸在抽搐。"哦,我晓得了!"苏老师拍拍孙方杰的背。

又一天,许敏冷不丁地对苏老师说:"苏老师,我太不幸福了!"许敏是个双耳失聪的女孩。苏老师一愣,很快在纸上写道:"你为什么不幸福?""因为我听不到风声雨声,听不到歌声琴声,听不到亲切悦耳的赞美,我……什么都听不到啊!"看过苏老师的问话,许敏回答。一串热泪无声无息滴落在纸上。"哦,我清楚了!"苏老师拉拉许敏的手。

"苏老师,我感觉不幸福!"没过几天,余笑忠又对苏老师说。余笑忠是个双腿残疾、坐在轮椅上的男孩。苏老师温和地看着余笑忠:"告诉我这是为什么。""因为我不能翻越高山,不能横穿沙漠,不能自由行走,我……哪儿都去不了啊!"余笑忠声音颤抖。"哦,我明白

了!"苏老师摸摸余笑忠的头。

几日后,李南打着手语告诉苏老师:"苏老师,我很不幸福呢!"李南是个哑巴女孩。苏老师爱怜地望着李南,打着手势反问:"你为什么感觉这样?"李南又痛苦地打着手势:"因为我不能说话,不能唱歌,不能讲故事……我……不能用口表达心声啊!""哦,我知道了!"苏老师亲亲李南的脸。

…………

越来越多的孩子向苏老师诉说自己不幸福,让苏老师心里越来越不安、越来越沉重。"不能让孩子们悲观沮丧,不能啊!"苏老师急了。可怎样才能让这些如花的孩子振作起来,让他们笑对人生,积极进取呢? 苏老师茶饭不思,冥思苦想。

苦思多日,苏老师的脸才由阴转晴。她迫不及待地把孩子们招拢来,让他们坐在讲台下。

苏老师首先问孙方杰:"孙方杰,你要怎样才幸福?""能睁眼看世界呀!"孙方杰脱口而出。"就这一点?""对,就这一点!""嗯,好!"苏老师点点头,还把他们的对话写在黑板上。

接着,苏老师问许敏:"许敏,你要怎样才幸福?"许敏不假思索:"能耳听八方就幸福了!""就这一点?""对,就这一点!""嗯,好!"苏老师又点点头,把他们的对话也写在黑板上。

然后,苏老师问余笑忠:"余笑忠,你要怎样才幸福?"余笑忠立马回答:"能自由行走就幸福了!""就这一点?""对,就这一点!""嗯,好!"苏老师点点头,又把他们的对话写在黑板上。

再后,苏老师打着手势问李南:"李南,你要怎样才幸福?"李南激动地打着手势回答:"能开口说话就幸福了!""就这一点?"苏老师打着手势追问。"对,就这一点!"李南又打着手势回答。"嗯,好!"苏老师还是点头,同样在黑板上写下他们的对话。

　　孩子们聚精会神地听啊看啊，兴致勃勃地和苏老师进行沟通。他们猜不到苏老师的葫芦里到底装的什么药。苏老师呢，也一直满面春风、不厌其烦地询问着、试探着……

　　"孩子们……"当最后一个孩子大胆地吐露了自己的幸福观后，苏老师亮开嗓子、噙着泪花说，"知道吗？你们每个人只有一点不幸福，却有许多意想不到而又弥足珍贵的幸福。比如李南吧，不能开口说话是她的不幸，但她能看、能听、能走……这些，都是其他孩子苦苦追求的幸福啊！换句话说，你们每个人的幸福都比不幸多得多！是不是？"苏老师下意识地停了停，充满深情地感叹道，"每个人都幸福！"她把这句话用红粉笔端正醒目地写在黑板的正中央。

　　仿佛有把神奇的钥匙，打开了孩子们阴郁的心扉。他们豁然开朗的面颊上，慢慢地爬出蚯蚓一样生动的泪。

十六岁意味着什么

○艾苓

　　亲爱的儿子，今天是你十六岁的生日，首先我要祝你生日快乐！回头看过去的一年，你确实长大许多——有身体上的长高长大，更有内心的成长，妈妈真为你高兴。

　　十六岁了，儿子，你肯定不止一次地勾画过自己的未来吧。虽然你没有跟我说过你勾画的蓝图，但我知道你已经有了蓝图，并开始努力了。这很好，很难得，不要为此害羞，也别管他人嘲笑。我们可以说，未来是未知的，毕竟现在和未来隔着相当长的时间距离。我们也可以说，未来是可知的，我们现在的所思所想所作所为就决定着我们的未来，其实，未来在我们手中。你说是吗？

　　有人说我是个理想主义者，也许是吧。一直有梦想，一直为梦想不断努力，我很充实，很快乐。不管你的梦想是什么，也不管遇到什么挫折和打击，我都希望你坚持梦想，永不放弃。

　　说实在的，我很羡慕你，孩子，我羡慕你的年龄。十六岁是小溪的年龄，是花蕾的年龄，是草地青青的年龄，世界在你的面前正一点点展开。可以有梦想，也可以有狂想。因为对十六岁来说，梦想或者狂想一切皆有可能！

　　我知道，十六岁也会有十六岁的苦恼。你可以向值得信赖的朋友

倾诉,也可以将它们经常打包寄存在我这儿,别让它们耽误了你的大事。在这个年龄段,认识自己,发现自己是很重要的。一个人的潜力在哪里,一个人的潜能有多大,不要指望别人来发现和挖掘,老师们都在忙着自己的事情。我和爸爸知道你十分聪明,潜力巨大,希望你自己去发现和挖掘出来。

对了,儿子,你要记住,十六岁还有另外一个意义,那是法律上的意义。《中华人民共和国刑法》十四条规定:已满十六岁的人,应当负刑事责任。也就是说,你虽然还不是"完全行为能力人",一旦触犯刑法,你也要负应负的责任。十六岁意味着,你要为自己的选择和行为负责任,无论在家里还是在外面,无论在生活上还是在学习上。

从小长这么大,我们还从没正式送过你生日礼物呢。小时候曾给你买过玩具和生日蛋糕,玩完就扔了,吃完就没了。在你十六岁的时候,我和爸爸想来想去决定正式送你一件礼物——手表。这只高仿雷达表是我特意为你选的,是为了庆祝也是为了纪念十六岁。是啊,几个月前你升入高中,我们曾给你买过一只高仿雷达表,和这只一样,可惜没过多久你值日的时候装在裤兜里弄丢了。我没有责备你,但也没有马上给你另买,我摘下我的手表让你将就着用。我的女士表你当然戴不了,只能放在书包里或笔袋里将就着用,我相信几个月的不方便会让你记忆深刻,这只手表一定会陪伴你更长时间。在我们的感觉里,时间有时漫长,有时短暂。实际上,时间的脚步一直均匀,永不停息,希望这只表能帮助你认识时间,珍惜时间。

小伙子,转眼之间,我们已经一同度过了十六个春秋,给我做了十六年儿子,不知你可否快乐轻松;给你做了十六年母亲,我很幸福,很快乐。真的。和我得到的幸福快乐相比,曾经的产痛,曾经的担心和焦虑微不足道!

很遗憾,儿子,妈妈不能陪你度过十六岁生日。早晨你上学以后,

我也要回老家去看我的妈妈，我正好有三四天的空闲，三四天后还有一大堆事等着我呢。已经三个月没回家看望姥姥了，我一直很惦记。晚上回来，有爷爷奶奶的陪伴，我希望你一样可以快乐。

最后我好像应该祝福点什么，祝福什么呢？让我祝你快乐吧，生日快乐，生日以外的日子也快乐。你很乐观，这让我欣慰。应该这样。我们常常微笑，身边的空气和桌椅都学会了。在我们需要的时候，它们就笑了，有时候笑得扑哧扑哧的。我可是试过的，你也试试。

我十五岁那年

○艾苓

我十五岁那年入了团；

我十五岁那年参加了《中国少年报》的小说征文,虽然没有发表,却收到了编辑老师一封很认真很热情的回信；

…………

这些我都向人讲过,很荣耀,很自豪。但是十五岁那年最难忘的事,我却一直未曾吐说,无论对任何人。

初二时,学校考重点班,我刚好进分数段,李老师是我们初二(一)班的班主任。

她小巧玲珑,三十多岁,声音清脆圆润,这一切都令我新奇兴奋。但不久便很懊恼,我一向是语文老师的得意门生科代表,李老师既是班主任,又教语文,她自己选的科代表却是另一名女生。

我不能表现出什么,但每当她那个科代表回答问题出了差错,我都格外高兴,觉得早有耳闻的李老师唯有在这事上不够英明。

正在得意的时候挨了一棒,一次考试我勉强及格,打了六十四分。老师的眼睛直看到我心底,说了一句:"你回去好好想想,我不相信这是你的成绩。"虽然有过刹那的难过和自责,但还是酸溜溜地想:反正我又不是科代表。

不久，李老师忙不过来，让我到办公室抄写课程表、值日轮流表之类，正好可以显示一下我写字的功底，要装入镜框人人看的，所以很卖力。

有几个好朋友探头探脑，看没有老师就走进来，学着老师们的样子边说边笑，乐极生悲，一位好朋友压碎了一块玻璃。李老师曾把它擦了又擦，就要装在镜框里。我吓了一跳，她们也瞠目结舌慌忙逃窜，临出门那位好朋友还惨白着脸说："就说没看见，记住了！"

李老师回来果然问："知道谁弄碎的吗？"

"碎了？"我故作吃惊，"不知道，我没看见。"

"好不容易从家拿来的，挺可惜的。"李老师笑了一下，便不再提。

第二天表格上墙了，干干净净的是另一块玻璃。

我曾想赔上，回到家转了几圈也没发现那样大小的玻璃，又不敢伸手要钱，只好放下，心却放不下，就有了件心事。看见李老师就不自在，不敢看她的眼睛。特别是我答错几次题后就更难堪，便想：李老师为什么不生病呢？或者她家里出点什么事？那样我就可以轻松自在几天。

没过几天，她果然没来，消息灵通的同学也只知道她家出事了。

我很后悔自己的诅咒，做过贼一样心虚。

这期间，学校开运动会。全班同学霎时心贴得很近，拧成一股绳，体委、班长一呼百应。检阅时我们服装最整齐，口号最响亮，走步最带劲。我也被这气氛感染着，分给我的事拼命做，播稿份数最多。

最后我们班取得了团体总分第一名和风格奖。传看着锦旗的时候，我们都盼着李老师快来上班，分享一下这喜悦这荣誉。

这一天终于来了，李老师在一个下午自习课轻轻走进了教室。

我们赶紧放下笔，坐得整整齐齐，惊异地看着老师。李老师脸很苍白，一个又一个地打量我们许久，微微含着笑，在我们久久的期待中

她说话了,声音一点儿不像平时,有些颤抖和沙哑:"同学们,你们取得的好成绩我已经知道了,在这段难过的日子里,是你们给了我安慰,我谢谢大家,我谢谢你们!"

教室里很静,小小的心都激动着。

"我家出的事,大家都很关心,简单和同学们说一下。我母亲只有我们姐弟俩,我弟弟健康、活泼,有一个幸福的家,他们坐客车来这里时,路上油箱爆炸,一家三口都没幸免……我和爱人一直两地生活,刚接这个班时,调转就已办好,我想把你们带到毕业再走。现在不行了,女儿小,母亲又病重。所以,我来看同学们,也是同大家告别的。"

教室里极静,然后有轻轻的抽泣声。

我只觉得有类似骨头的东西堵在喉咙,哭不出来,叫不出来。我那该死的诅咒!我那该死的诅咒怎么应验了呢?我早已收回了,因为我知道李老师带给了这个集体什么。李老师原来这么难,却还起早贪晚和我们生活在一起。我多坏多该死,我撒过谎,我诅咒过,我……我觉得自己就要被堵得爆炸了。

我抬起头难过地看李老师,发现李老师流泪了。

"我也舍不得离开你们。你们每个人都很有特点,很可爱,我喜欢和你们在一起。特别是这次运动会,我看到了你们心灵中多么美好的一面。我希望同学们今后继续进步,维护新班主任的工作,将来成为对社会有用的人才,实现你们各自的理想。"

门轻轻关上了,谁也没有动。女生哭起来,男生低头流泪;我哭不出来,我多么想哭,我比别人更有理由。我还想追出去,向李老师说我的嫉妒,我的谎话,我的诅咒,但我没有哭出来,也没有追出去,第一次感觉到心撕裂了一样疼痛。

此后,请李老师来合影,我没问李老师的新单位,也没走上去说一句话,只在照相时和语文科代表扯着那个风格奖的锦旗。

照过相,我就溜了,溜到林带坐了好久,偷偷地看着李老师向同学们挥手,然后消失。

以后的日子,常常翻看那张合影,看那位娇小含笑的老师,倾诉我的每一件心事、每一点成绩。

我十五岁那年,懂得了世界上最不幸的人——撒谎、嫉妒、自私,连哭的权利都没有。

人都喜欢讲自己的成功或辉煌时刻,可实在的,这些并没有带给我们什么;让我们思考并受益无穷的正是一些压在心的底层、甚至羞于启齿的失败和秘密。

教授的青花瓷瓶

○邵火焰

　　教授在上课前来到教室，请学生们帮他一个忙，把他家里的一些青花瓷瓶搬到教室里来，说等会儿上课要用到这些青花瓷瓶。教授说："愿意帮忙搬青花瓷瓶的同学请举手！"结果全班五十多名学生闹哄哄地都举起了手，教授挑选了十几个比较胆大的学生，跟着他来到了家里。

　　教授家的储藏柜里摆着十多个漂亮精致的青花瓷瓶。有学生问："教授，这瓷瓶这么贵重又这么易碎，假如我们搬运时摔碎了，要我们赔吗？"教授说："这瓷瓶别看花色这么好看，其实并不值钱，五十多元就可买一个。你们尽管搬，万一碎了你们也赔得起，怕什么。"学生们一听，嘻嘻哈哈地每人抱起一个瓶子就向教室跑去，把瓶子整整齐齐地摆在了讲台旁边的桌子上。

　　开始上课了，教授说："同学们，你们知道刚才搬来的青花瓷瓶每个值多少钱吗？"

　　有学生答："你刚才不是说了嘛，每个五十多元。"

　　教授笑了："那是骗你们的。这种类型的青花瓷瓶，国内市场价，每个两万多元。"

　　"啊……"同学们瞪大了眼睛。刚才抱来瓶子的好几个学生心里

一惊,因为他们以为瓶子不值钱,在路上险些摔到地上。

这时教授的手机响了,教授按了免提键,全班同学都听到了教授与教授夫人的对话,夫人让教授把青花瓷瓶马上送回家。其实这个环节是教授事先设计好了的。

教授说:"同学们,你们都听见了吧,夫人要我把瓷瓶马上送回去。看来还得请同学们帮忙,帮我再搬回去。"教授顿了一下,扫视了教室一圈后,说,"愿意帮忙搬青花瓷瓶的同学请举手!"

教室里鸦雀无声,没有一个同学举手。

教授问:"怎么,没有同学愿意帮我搬吗?大家说说为什么。"

有同学回答:"不敢搬,怕摔了。"

"那刚才搬来时,为什么敢搬呢?"教授笑着问。

"那是因为我们不知道它的价值。"

"因为我们以为即使摔了也赔得起。"

教授收住了笑容,在黑板上用粉笔写下了一行字:"无知者无畏。心态很重要,它往往能决定成败。"

同学们纷纷点头……

这堂课上得很成功。

下课时,教授拿起一个青花瓷瓶,用力地摔在了地上,然后捡起一块碎片说:"其实,这些瓷瓶都是我买回的次品,五十元也不值。"

学生们哈哈地笑了。教授也笑了起来,问:"有同学愿意帮我把这些瓶子搬回家吗?"

同学们的手都举了起来。

最美丽的语言

○侯发山

　　有一次，我们几个大学同学聚会，推杯换盏、海阔天空，不知怎么聊到了"最美丽的语言"这个话题，大家七嘴八舌地议论开了。大李说，汉语是世界上最美丽的语言。汉语被唐诗、宋词、元曲等典雅的文学样式不断擦拭，温润我们的心灵；汉语带领我们穿越五千年历史文化隧道，承载着世界上唯一没有中断过的中华文明……

　　大李的话得到大多数人的赞同，有的说汉语并不仅仅属于汉民族和中国人，汉语是全人类的汉语，汉语是人类文明历史最伟大的、最独特的结晶。有的说世界汉语热正在持续升温，世界上有一百多个国家的两千三百余所大学开设了汉语课程，学习汉语的外国人达到三千万，法国巴黎的街头就矗立着这样的广告牌：学汉语吧，那将是你未来二十年的机遇和饭碗……汉语是世界上最美丽的语言，这话没错。

　　曾在法国留过学的大马反驳说，我们都学过都德的《最后一课》，从那篇文章里我们知道法语才是世界上最美丽的语言。法国向来是文化之都、艺术之都，法兰西人的浪漫情怀也是人人皆知。法语是联合国的正式语言，是唯一一种在世界上几乎所有国家都教授的外国语……

　　大马的话还没说完，当年的老班长文枫就摇摇头，说手语才是世

界上最美丽的语言。我们都一愣怔，不约而同地追问一句：手语？文枫点点头，说手语已不单单是聋哑人交流的语言，它更是空灵的舞蹈、白描的画面、想象的诗句。手语让我们看到了另外一种世界，它无声而美丽，就像盛开的鲜花一般。一时间，大家都感慨不已。

顿时，我的思维活跃起来，说要是这么说，微笑该是最美的语言。看到大家惊讶的目光，我说微笑是问好，当你与一位从未见过面的人相遇时，奉上一个微笑，它可能是你们今后友好往来的前兆；微笑是安慰，当自己沉醉于忧伤之中时，朋友的微笑会给你如沐春风般的温暖；微笑是鼓励，当自己被困难压得快要落泪时，别人送来一个微笑，会让你顿时增加勇气和力量；微笑是祝愿，孩子总是用微笑仰望风筝，那是孩子对风筝最好的祝愿；微笑是感激，月亮总是微笑着陪伴星星和长夜，那是它对星星和长夜最真诚的感激。

大李带头鼓起了掌，说不愧是作家，说起话来像唱歌。

我继续侃侃而谈，说朋友的微笑会给人亲切，让人感到浑身惬意；陌生人的微笑会给人友善，让人感到世间的友爱；母亲的微笑会给人力量，让人感到母爱的伟大；晚辈的微笑会给人以尊敬，让人感到成熟的高贵。人们总是用微笑迎接朝阳，总是用微笑送别夕阳。当别人误会你，彼此面对尴尬时，给他一个微笑。这是远比"没关系""我已原谅你了"更感人的语言；当别人无意伤害了你，不要埋怨，给他一个微笑，它会给你带来友善；当别人以冷漠的目光望向你时，不要责怪他，给他一个微笑，它会给你带来友情……微笑像鲜花一样迷人，像蝴蝶一样美丽，像春风一样温暖。无论是过去还是现在，或者是在天的那一方，在水的此岸……所以我要说，微笑永远是最美的语言。

文枫的女朋友也被我们的话题所吸引，她忍不住插嘴说，我在一本杂志上看到过这样一篇纪实文章，有一个七八岁的小女孩，她心地善良，助人为乐，每在街上看到乞讨者或是残疾人，她就会掏出身上的

零花钱给他们，或是给他们买来面包；看到孤身一人的老者过马路，她就跑过去搀扶……有一天，她不幸遭遇车祸，头骨严重破裂，医生宣布女孩脑死亡。当医生建议她的妈妈捐献女孩的器官时，妈妈决定征询一下女儿的意见。妈妈流着泪俯在女儿耳边，轻声问道："宝贝，你同不同意将器官捐献出来，救助其他不幸的人？你如果同意，就让心跳加速跳一下吧。"令在场的医生感到惊讶的是，尽管女孩的面部依旧毫无表情，但仪器却显示，听到妈妈的问话后，她的心跳立即上升。于是，妈妈强忍着悲痛对医生说："我知道她同意了。她用心跳来告诉我说她同意。"……这件事情被媒体记者知道后，他们在报纸刊登文章，说心跳是最美丽的语言。

文枫女朋友的话让大家彻底震撼了，沉默了几分钟后，一直躲在角落没说话的大美女静言开口说话了。她说，其实，不论微笑也好，心跳也好，我认为都是"爱"！爱有一万种表达方式，爱却是人类唯一共同的语言，不需要诠释，不需要表白，可以是千只手，万颗心，也可以是一个微笑，一次握手，一声问候……爱是一种最原始但又永恒的情感，一种不可名状但又无处不在的情感，一种力量无穷的情感……爱，犹如黑暗中的一片光明；就像沙漠中的一泓清泉；好似孤岛上的一艘小船；又仿佛是寒冬中的一缕阳光……爱难道不是人类最美丽的语言吗？

在一片热烈的掌声中，我们结束了这个难忘的话题。

撒 手 锏

○范子平

在实验小学教毕业班的老师，人人都有自己的撒手锏，而语文老师姚摇，因为参加工作时间短，撒手锏就没有众多资深老师明显，但是肯定也有的，要不然，怎么会才教两三年工夫，就调到毕业班教课兼班主任呢？

姚摇讲课以学生为中心，不要说学生不好好听讲，就是哪一个学生上课精力投入不到位，没有充分动脑筋思考，她都能分辨出来，并且要当堂纠正，一般不会拖到下一节课。

这学期姚摇接了一个新班，偏偏教育局又安排全学区的语文教师来听她的观摩课。姚摇虽说已经久经沙场，但还是进行了认真的准备。她准备不是研究写教案，因为那些她早已成竹在胸；也不是布置学生怎么发言，因为她觉得那样太假气。她主要是设想学生在课堂上的各种表现。

她讲的是课文《春天的故事》，学生反映热烈，充分参与，一个个发言踊跃。预先设计的教学目标都已达到，可以说是一节非常成功的示范课。下边听课的老师都露出了钦佩的目光。但是就在这时，她发现一个学生——上一任班主任特意向她交代的调皮鬼王小路，正低着头往抽屉里看什么，看得很专注，似乎是一时把这一节语文课都忘记

了。他在干什么呢？按说，教学目的已经达到，不应该节外生枝，如果在这个时候出什么她应付不了的问题，前边的示范教学就功亏一篑了。但是，姚摇说到底还是不服气，她不相信自己会控制不了局面。她与生俱来有一种挑战心理。更主要的是，她觉得，只要有一个学生对自己的课心不在焉，就不能说明这节课是完全成功的。

她沉着地点名了："王小路，你站起来。"

王小路毫不在乎地站起来，手中竟然还拿着一个本子，那分明是一个数学本子。

姚摇说："小路，你对这一节课有什么不满意么？"

一般的老师不会这样问，因为好像在暗示学生来挑老师的毛病。学生真是说出对你的课不满意，你又能怎么着呢？

但是姚摇就是姚摇，她有充足的心理准备。她的打算是要王小路说出自己的具体意见，然后自己循循善诱，给出解答，让其他学生受到启发。她说过，只有在动态中教课的老师才是合格老师。

王小路看看四周，低了头不说话。姚摇更加相信自己的判断，她说："没关系，你大胆说出来，我们自由对话，只要讲真心话，其他一切都无所谓。"

王小路说："我很满意，您上课我向来都满意的——我只是在做数学作业。"说完还扬了扬数学本子。

姚摇说："语文课为什么要做数学作业呢？"

王小路说："我不是每节语文课都做数学作业的，只是，只是昨天我妈生病，数学课我请假耽搁了。"

姚摇让王小路到讲台上，给了他一段粉笔，说："你左手在黑板上画个方框，右手在黑板上画个圆形。注意，两只手要同时动作，同时开始，同时结束。"

听课的老师发出了细微的议论声。刚才还在为姚摇担心的本校

校长、教导主任都露出了会心的微笑。他们知道,姚摇是要通过具体的事例,来说明"专心致志是搞好学习不可缺少的条件"。他们相信姚摇会说出一番娓娓动听的道理。

但是,谁也没有想到,王小路两只手同时动作,一只手画出规范的方形,一只手画出规范的圆形,而且同时画完,没有一点破绽!在下边听课的老师们,有的好奇,有的着急。是呀,下边姚摇该怎么办呢?

姚摇却灿烂地微笑着,透出心底的喜悦,她说:"小路,那么你是说,这一节语文也完全掌握了?"

王小路站起来,把这节课的重点,包括时代背景、重点词语、语法练习,乃至意境欣赏说了一遍,简练而又全面。姚摇忘形地走下讲台到王小路的课桌前,拉着他的手高兴地摇,说:"好,好!"

姚摇在讲台上兴奋地说:"你们知道高斯么?他八岁的时候,算数就超过了他的父亲。上小学的时候,他的计算能力已经远远超过了老师,到十九岁的时候,他就干净利索地解决了两千年来无数数学家梦寐以求的正十七边形数学难题。后来,他成了一个伟大的数学家。如果我们发现自己具有某种才能,一定要珍惜,千万不要放过!"

姚摇又说:"但是,同学们,各人有各人的学习道路,如果你不能一手画圆一手画方,那么,还是要专心致志地学习才能取得好成绩。我们千万不要放弃自己的努力。"

课堂上响起了一片热烈的掌声。

女儿的班主任

○范子平

女儿换了班主任，回来就对我说，哎呀，俺班来了新班主任，教语文，可有意思了……

我打断话问她，这次考试成绩出来了没？你排第几？

女儿不接我的话，仍是一脸兴奋，说，俺班主任李老师可有意思呢！

我正色道，你已经高二，明年就高三，得订个计划，各门功课分数进展多少……

女儿没等我说完就进了自己的房间。

慢慢的我还是发现了女儿的变化，比方说爱说话了，走路爱蹦跳了，对好多事感兴趣了……这应该没啥，青春期的女孩子嘛。但我关心的是，成绩有没有提高。

星期一下午按惯例是班会课。女儿放学回家，一脸的笑，说，班会课，班主任没讲几句，更没占住让做作业、读课文。就是唱歌，唱民歌，也唱流行歌曲，还表演小品。女儿说，你不知道，李老师老歌新歌都会唱，顶上刘欢，顶上周杰伦……还演小品呢！李老师把领口一翻，表演街头流氓遇到便衣警察，可笑得很，全班开了锅！

我担心地说，得准备后年的高考，不能光寻开心啊！

女儿不屑，一边往里间走，一边说，爸，你真的不懂……

语文课也传来新消息。那天讲曹禺的《雷雨》，李老师说，这节课你们都预习熟了，不用絮叨，我给你们唱唱电视连续剧《雷雨》的主题歌和插曲吧！女儿说，哎呀，李老师唱得好极了！全班同学不依不饶，拍手起哄要求再来一遍！后来，李老师表演《雷雨》，他又当周朴园又当鲁侍萍又当鲁大海，当谁像谁。要李老师演电视剧，肯定超过明星……

女儿说，作文课也轻松了。李老师说，课下咱各人自己练笔，课堂上咱轻松轻松！分组表演，演青春剧《课堂内外》。先自己报名。谁演金娜娜？谁演李毛毛？谁演那个不会扫地的王倩倩？我演那个忧心忡忡的徐老师……一堂课热闹得吵破天！女儿说，你看我满身的汗，现在都没落！

这样下去会成？我决定去找班主任谈谈。我到了学校，女儿的班正上英语课，琅琅的读书声整齐而洪亮，看不出啥问题。我到语文教研组打听，说李老师在学校后院杨树林。我经过操场沿小路到后院，渐渐听到悠扬的歌声，歌词倒是和我们有关："我们是学生家长，心情像茅草一样，随风摇摆，不问成绩闷得慌……"声音真好听，我不由得品味欣赏起来，一直到下课的钟声响，我看表已十二点，只好转身出校门……

期中考试后学校召开家长会，教导主任给家长们发了表格，让给每一位任课老师打钩评价。有六个选项：一、非常满意，二、满意，三、比较满意，四、一般，五、不满意，六、极不满意，要求马上撤换。首先是对班主任的评价。我犹豫了，平心而论，女儿那样喜欢他们的班主任；再说女儿活泼了愉快了，对学习感兴趣了，应该有班主任的功劳。但这是正路吗？我左顾右盼，别的家长也都抓耳挠腮。我犹豫好半晌，终于在班主任后边的表格上，在"四、一般"后边打了个钩。忽然，我

的肩膀被重重一推，一个宽脸的中年女人恶狠狠对我说，还"一般"哩！再和稀泥就把孩子害惨了！这也是学生家长，她的心情我理解——怕孩子成绩吃亏呗！我看好几个家长都和她一样鼓着眼气呼呼的样子，只好把"四、一般"后边的钩抹掉，在那个"六、极不满意，要求马上撤换"后边打了个钩。然后，我立即起身，好像办了亏心事一样低着头走出教室，可是手臂被拉住了，一看是女儿。女儿一脸严肃地问，爸你咋评价我们李老师？我躲避着女儿的目光，支支吾吾地说，随大溜呗……女儿一副不出所料的神情，问，自从李老师接任班主任，这几个月时间，我各方面咋样？我只好据实回答，我看你吃饭香甜了，爱哼爱唱了。女儿说，我现在学习兴趣大多了！李老师不主张排队，说对学生是无益的压力，可学校非搞统考排队。俺班总成绩从全年级第九名升到第四名！全班人学得多轻松多高效！我上次成绩全年级一百九十六名，这一次九十八名！你说李老师行还是不行？

交谈着我已经被女儿重新拉进教室。女儿把那张评价表又找回来，说，爸，你改改，抹了，在这一点打钩！——女儿的手指坚定不移地点着"一、非常满意"那一栏。

蝉　声

○歪竹

　　夏天炎热,本来就令人烦躁,加上这歇斯底里的蝉鸣,就更令人不安了。

　　我最讨厌蝉的叫声,觉得太喧嚣,太嘈杂,听一会儿就心烦意乱。吃不好,睡不好,工作做不好,整天处在说不出缘由的疲倦之中,我真想把蝉赶走。

　　我拿着一根长长的竹竿,往树上一戳,枝叶摇晃,蝉不见了,蝉声消失了。我享受到了难得的安宁。可没过多久,蝉又叫起来了。

　　我拿出竹竿,奋力往树上戳,上戳,下戳,左戳,右戳,戳得树叶纷纷掉落。蝉不见了,蝉声消失了。我又享受到了难得的安宁。可没过多久,蝉又叫起来了。

　　就这样循环往复。

　　看来,蝉是驱不走的。我被蝉声折磨,痛苦不堪。我认为,蝉声才是真正的地狱。不把蝉消灭,蝉声就不能断绝。

　　可怎样才能消灭蝉呢? 我不想借助高科技,因为我一向对高科技很反感。而除此之外,我几乎别无他法。唉,百思不得其解啊! 我陷入空前的绝望之中,就像溺水以后,在黄浊的水中睁开眼睛,看不到周围的一切,胡乱摸爬一阵,又抓不到救命的稻草。

混混沌沌过日子，我像一块铁，正在生着生命的锈。

儿子在看小人书，书上讲的是螳螂捕蝉黄雀在后的故事。

我突然高兴了，问儿子："螳螂捕蝉是怎么捕的？"

儿子想了很久，回答说："不知道。"

我一想，知道又有什么用呢？我又不是螳螂，就没再说什么了。但这件事启发了我，说不定哪本书中有捕蝉的方法呢。

我随意地翻看着各种书籍，我真想把日子像翻书一样地翻过去。

一天，我正在翻看《诸子百家》。翻着翻着，突然，《庄子》里一篇叫作《达生》的文章在我眼前一亮，就像一道闪电，划破了厚厚的乌云，照亮了我脑中的黑暗。

文章讲一个驼背老人用竹竿粘蝉，动作非常娴熟，只要他想粘的蝉，没有一只能跑得掉的。我大喜，无意中找到了捕蝉的方法——粘蝉。真想不到啊，我们的古人竟为未来的人们预备了对付蝉鸣的方法。

我按照驼背老人的做法，刻苦练习，终于大功告成。

我练得最久的，就是在竹竿上叠放粘丸。当在竿头叠放两个粘丸而不掉下来时，捕蝉时就很少有蝉能跑掉；当在竿头叠放三个粘丸而不掉下来时，捕蝉时跑掉的蝉就更少了；当在竿头叠放五个粘丸而不掉下来时，捕蝉就很容易了。

捕蝉时，我一动不动，专心致志，充满激情；身子纹丝不动，就像树桩一样；举竿的手臂，也稳稳当当地不乱晃；目不转睛，眼睛里没有世间万物，只有蝉的翅膀。

这样，蝉往往被粘住了还不知道。而当蝉知道时，使劲扇动翅膀，又反而被粘丸粘得更紧了。那种展翅欲飞，而又飞不起、飞不去的样子，真让人感到好笑。我想，再高明的小丑，也无法表演出那种尴尬和滑稽。

房前屋后有很多树,蝉总是躲在树上叫。我一棵一棵地粘,不厌其烦地粘,好像我干的不是一件小事,而是一项大事业。

很久以后,附近的蝉终于被我粘完了。

安静,像一股淡淡的香气,在我屋子周围弥漫。我陶醉其中,慢慢恢复元气。我精神振作,浑身是劲,总是莫名地兴奋。我情不自禁地给每一棵树取了一个安静的名字。

我是为自己能创造一个安静的环境而高兴。我的高兴,不是表现在甩胳膊踢腿,也不是表现在呐喊狂呼,而是表现在血液的奔流。这种奔流,有惊涛骇浪,却没有喧哗咆哮,能感到,却又不能捕捉到。

我真想把这种感受告诉世人,告诉每一个亲人,告诉每一个朋友,告诉每一个陌生人。但是,我又不知通过什么方式告诉世人。写信?不合适。打手机? 不合适。写文章做演讲? 也不合适。

就在我思考如何告诉世人的时候,远处传来了如潮的蝉声。一阵比一阵高亢的蝉声,犹如一把又一把锋利的刀子,切割着我的每一根神经。

远处的蝉在往我这里飞。远处的蝉,在无人察觉中飞到我这里来了。远处怎么没有捕蝉的人呢? 我真想把粘蝉的方法教给远处的人们。但是,我们素不相识,我们只能远远地相互观望。

没有办法的办法——我重新开始粘蝉。

就这样循环往复。

多年以后,我才知道:蝉声是一张巨大而无形的网,疏而不漏地将人们罩住;人们左冲右突,结果是有的人死了,有的网破了。

种　桃

○张爱国

十岁那年，我放牛时从牛背上摔下来，左腿骨折，只能休学在家。每天，看着伙伴们背着书包上学，我心急如焚。看着同班同学讨论老师刚教的新知识，幼小的我竟然想到了"前途"这两个字。我的心灰蒙蒙的。

那天上午，初夏的阳光并不温柔地照着大地，躺在床上，我心里依然一片阴凉。父亲回来了，满头大汗，他是清早到镇上给我买药了。父亲或许是为了缓和我内心的急躁，或许是为了给我补充营养，总之，他破天荒地给我买了一个桃子——我平生的第一个桃子。

我当然舍不得立即吃掉桃子，一次次双手搓揉，又一次次贴在脸上或放鼻前嗅……

桃子还剩小半个的时候，小松来了，他盯着桃子，大声问："你吃的什么？好吃吗？"我不理他，知道这是他的阴谋。但小松的阴谋还是得逞了——母亲叫我把剩下的桃子给小松。我不情愿，但忽而想起母亲平日一再的嘱咐："小松可怜。妈妈死了，也上不了学了，你要对小松好……"我又想起，我休学的这些天，都是小松陪着我，扶我下床撒尿。于是我狠咬一口后将桃子给了小松。小松像是怕我后悔，三口两口，桃子就成了桃核。

我要回桃核,在手里摩挲着。小松突然高兴地说:"我们把桃核种了吧,明年就有好多桃子了。"见我同意,小松又说,"我家院子西南角那块儿土肥,种那儿一定长得快。"我当然不同意,我知道他心里的小九九,他是想将来把桃树据为己有。

在小松的搀扶下,我们来到我家的院子。选定了地方,我坐下,小松挖坑。坑挖好了,我小心翼翼地将桃核放进去。小松刚培了两捧土,我赶紧叫停,说:"放点大粪,桃树长得快。"小松于是将刚培进的土又掏出,再拿来粪瓢,舀了大粪放进坑。熏天的臭气里,我和小松虔诚地给桃核培好了土。小松抹着满脸的汗说:"我保证,不出一星期,桃树就能长出来。"我坚定地点头,心里充满了热切的期盼。

此后,我和小松每天早中晚都会给桃核浇水,隔三天还施一次大粪。为了防止鸡啊猪啊的破坏,我们在上面铺了稻草。还不放心,又用树枝在四周密密地插出个隔离墙。每天,我们都无数次趴在地上,仔细地看,看桃树长出了没有。

半个月过去了,我们连一个草芽也没看到。小松好像失去了信心,再叫他搀我去浇水施肥时,他冷淡地说:"我看,桃树不一定能长出来。"我说:"胡扯!桃核那么厚那么硬,长出来起码需要一个月。"如此几次,小松终于没耐心了:"别做梦了,我保证,桃树长不出来。"我虽然嘴上坚持着,心里却不由得又有了些灰蒙蒙。

小松来陪我玩的次数越来越少了,甚至,我隐约觉得他在躲着我,我百思不得其解。

我可以一个人下地了。那天,我一瘸一拐地来到小松家院前,刚要喊他,却见他正趴在他家院子西南角的地上,专注地看着什么。我一下子明白了,赶紧来到我家院子,挖开那个坑——哪儿还有桃核的影子!

我十分生气,心里骂小松是小偷,就要去找他,但转念就放弃

了——小松父亲脾气不好，一旦知道小松偷了我的桃核，还不把小松打死？

当天下午，小松放牛去了，我一瘸一拐来到他家院子，挖出那颗桃核……

我的希望又来了。

此后，我依然不断地给桃核浇水施肥，我也看到小松无数次给他的桃核浇水施肥。小松还常常表情复杂地劝我："别瞎忙活了，桃核是发不了芽的。"我却心里暗笑小松："瞎忙活的还不知道是谁呢？"

多年后，桃子早已不是稀罕物了。一次，当年的伙伴——今天的"成功人士"聚在一起闲聊，我说出了那件事的真相。小松很意外，转而说："虽然我当时不知道自己精心守着的是一个空坑，但至少在那几个月里给了我吃桃子的希望。"我说："是啊，不同的只是我的坑里有个桃核……"一旁的小岭笑了："你的也是空坑。那颗桃核，在你从小松家院子挖出的当天夜里就跑到我家院子，给我希望了……"

青春里漏掉的一课

○沈嘉柯

我绝对不是一个残忍的人,但我却做出了残忍的事。

高二的最后一场考试格外重要,关系到能否进入重点班。我读的是寄宿学校,我一再打电话给父亲,说我厌恶那些不求上进的同学,没法子在不干净不清静的环境里继续我的学业。

父亲自有办法,他送了点小礼就买通了门卫。大家都知道,每个学校的门卫都单独有一间空房子,而他们基本上用不着。

自然,父亲不知道我心底藏着的另外一个秘密。那时候宿舍统一管理,如果不能够按时回去,那就只能乖乖被锁在宿舍大门外,被班主任发现了,那是天大的事。

且不说此后可以一个人安静地复习,更重要的是,我可以自由地和朱小齐约会了。没错,我就是早恋了。这有什么呢?我的成绩照样是班上数一数二。朱小齐真的很漂亮,唯一的缺点是太小巧玲珑。她家就在学校附近,很方便。天时地利都有了,晚上我俩就约在学校教学楼后面的桃树林子里见面。

那天晚上我们两个人走啊走,我下意识地在水塔下停住。幽暗的光线中,我看见朱小齐的嘴唇像是我过生日时吃的水果蛋糕上的樱桃。我的心脏在疯狂地跳,我甚至可以听到朱小齐的心跳。

突然传来一声大喝。一个人影站在几米开外，手电筒的光首先照上朱小齐的脸，骤然受强光刺激，她捂住了眼睛。我慌忙一推，叫道："快跑！你回家，我回去。"

狼狈不堪地奔出几米外，手电筒的光还在乱照一气，身后的人说："我看清楚你们了，我知道你们是哪年级哪班的，跑了也没用……"但他只是喊，却没追上来。

我上气不接下气地逃回小房间，镇定下来，拿出钥匙开了门，将门关好。我忽然想起课本上的一句话：惶惶如丧家之犬。会是哪个老师？他究竟会不会告发我和朱小齐？辗转反侧，一晚上失眠。

第二天没课，我继续在小房间复习。捧着模拟试卷，我不住地发呆。我很想去教导处门口看看张贴栏，但又害怕真的贴出来。

连续几天，我远远看见朱小齐，就赶紧走开。

这真是意外。第四天我躲在小房间里，听见外面有人聊天儿。我听见门卫大叔在讲话："是赵老师啊！坐坐，喝口水，歇一下。"门卫大叔是个好心人，每遇到老师，都会招呼他们坐坐，休息休息。

那个赵老师回一声"是啊"，接着说："我跟你说个笑话，嘿嘿，那天晚上巡夜，遇到两个小屁孩在那儿，就是学校水塔的后面……小小年纪不好好学习，学大人谈恋爱……"

门卫大叔附和："是啊，是啊，现在的高中生，不像话。"

这个声音不就是那天晚上的？

赵老师说到这里，我只觉得羞愧，但他接下来的话却叫我生出恨意："都没发育好，懂什么爱情？可惜没看清楚哪班的，不然一定找他们家长。我骗他们说看清楚了，让他们紧张紧张。"

我恶狠狠地抓起一支铅笔，一折为二：这算什么老师！

自然我继续大着胆子找朱小齐，把偷听到的话如实转告。朱小齐一听，说："这个赵老师我知道。哼，他就是那个刚刚从大学中文系毕

业分配到我们学校的,还和我们班的林芳艳走得特别近。"

"那不是师生恋?难道你忌妒不成?"我忽然笑了。

朱小齐嘀咕:"其实就是因为你和赵老师长得有点像,我才喜欢你的。"醋意泛滥了我的胸口。朱小齐看了我一眼,有点害怕:"陈柯,你干吗笑得这样阴险?"

当时,我心里正暗自思量:"赵老师,有你好看的。让你恐吓我,破坏我的好事!"

再没什么比谣言更好制造的了。"高二(六)班的赵老师跟学生谈恋爱,我见到他们偷偷在学校角落亲嘴呢!"我神不知鬼不觉地把这话传了出去。当这个谣言沸沸扬扬传开后,许多家长也知道了。家长们给学校施加压力,要求惩罚这个老师。学生们则把目标对准林芳艳,说她真是早熟,都跟老师谈恋爱了。

我毕业那年,赵老师从市八中下放到县城了。他走的时候我们去送别,他苦笑说,不知道得罪了谁,非要冤枉他。这么大一顶帽子,简直毁了他的前途。

我很顺利地考上了心仪已久的大学。当然,也和朱小齐分手了。

青春时期的初恋,清淡得像抽过的香烟,对着灰烬什么都忘记了。

后来我只在网上和朱小齐偶尔聊几句。她上了青岛的一所专科学校,这对她来说已经很值得骄傲了。

大三的时候,高中同学在网络上集体聚会。议论往事,都陷入怀旧。有个女生发言:当年高中那个年轻的赵老师,长得很帅,师范大学中文系毕业的才子。上课常常开玩笑,也不过才毕业,就有点贫嘴滑舌,但他特别关心贫困生的学习,农村来的林芳艳就是其中一个。林芳艳学习特别努力,常常拿着题目问上半天,我们其他的女生,看他们靠得近,特别特别忌妒。后来不知道谁造谣说他们搞师生恋,其实根本没那回事。

我心里"咯噔"了一下：他居然是一个好老师！

当晚，我对着电脑茫然了。我一直觉得我的青春岁月没有留下什么让我追悔的事情，学业爱情都有不俗表现。现在看来，我却对赵老师做了那么愚蠢的一件事情。阴差阳错的报复，轻易就扭转了两个人的命运。我感觉胸口抽痛起来。

"那林芳艳呢？"我问。

"她是当年班上的尖子生，是标兵，但最终没有考取理想的大学。后来去广州，成了打工妹，她跟所有的同学都断了联系。进入高三后，一直到毕业，她每天晚上都哭，因为她放暑假回家时，观念传统的父母毒打了她，骂她不要脸。"那个女生回答说。我也终于忆起毕业的时候，林芳艳满脸绝望的表情。

我哭了。我相信自己绝对不是一个残忍的人，但我却做出了一件残忍的事。

我忽然觉得，懵懂的少年时，我缺了很重要的一课。如果时光能够倒流，有很多事情我不会那么冲动，也不会做出这件事。那一课应该就叫"做人"。

十六岁的慢跑鞋

○沈嘉柯

十六岁的时候,小野躺着看天花板。她渴望,世界上有一种鞋子,能够让那个与她同路的男孩,不要跑那么快。

他的名字叫齐榄。她和他走同一条路去上学。那些清晨,他总是要快跑上学,当作锻炼。小野骑着单车,想喊住他,但是她只张了张口,身边刮过一阵风,那男孩就跑过去了。他的头发上下飘动,只剩一个背影。

后来,她下定决心,她要步行,提前在路口截住他。小野就真的截住了他。他咧开嘴巴,很夸张地笑,你好,有什么事情吗?有的。但是小野就是没能说出来,她太害羞了。于是他说,我就先走了。照例,迅速地跑开了。小野也开始跑步,她想跟上他。两边的树木倒流过去,她怎么也赶不上他。在学校,小野打听到,他是运动会的长跑冠军。

绝望的感觉,藤蔓一样爬上小野的心头。也许她一辈子都没办法赶上他。

粗心的父亲母亲,没有发现小女孩的烦恼。只有姐姐,大她四岁的姐姐,看在眼里。姐姐说:把你的储蓄罐打烂,我帮你。姐姐的笑容很神秘。小野将信将疑,但还是照做。姐姐走了,带着三百块钱——三百个硬币。

后来,他开始了慢跑,路显得那么长。熟悉的路上,小野跟上他的速度,和他并肩跑着,有一搭没一搭地聊天儿。

姐姐是懂什么咒语吗? 耳朵边全是他活泼的笑声,连阳光都显得格外耀眼。这一天,第一次一起抵达校门。

像所有的初恋一样,十六七岁的初恋,只开花,不结果。升学,彼此分开了,然后是读大学。有一天,当小野再次遇到了一个令她心跳的男孩,她忽然想起这个谜。

她拨姐姐的电话,那年,姐姐用什么办法使齐榄等着我一起跑步的? 姐姐大笑不止,哪里有什么奇妙的鞋子? 那就是一双真正的慢跑鞋。

小野也笑了。她再打了个电话给齐榄。电话那边说:我都不知道是谁送的。那么好看,当然要穿着,也就慢慢跑了,享受新鞋子啊! 没想到居然就和你聊上了……

二十岁的时候,小野看着楼下经过的又一个令她脸红的男孩,轻轻拿起手边的橘子,看准了,砸了下去。

经　历

○津子围

嘉树答应给二十八个孩子上课完全是看表姐梅青的面子。梅青请他吃卤肉面时,嘉树已经在这个城市里飘荡了一个月。梅青似乎知道嘉树求职的艰难,她说,如果你到船厂教孩子,帮我们解决了困难,你也不用天天跑劳务市场了。嘉树纠正说:"是人才市场。"按常规,人才市场里招的是有学历的人,工作大多是"白领",而劳务市场常常招收"蓝领"。梅青说我知道,可城里找工作不容易,我听说很多家在城里的大学生都找不到满意的工作,何况我们乡下来的?嘉树不言语了。

当初嘉树读师范专科学校,就是为了离开农村,毕业后他才知道,真正需要他的恰恰是家乡的小学。嘉树当然不能回去,可当他到了城里才发现,那些没读大学的同乡早就进城了。为了表示自己跟他们的区别,嘉树不怎么跟他们合群,也不做力工。嘉树对表姐说,为了完成学业,我家以及我本人付出多少,你应该想象得到。梅青说你自己最好别背包袱,从大的方面来说,干啥不是打工呢?

二十八个孩子是船厂外来务工人员的子女,年龄在七到十岁之间。他们属于父母"扔"不下的,可又没资格在城里的学校上学。家长们商量来商量去,决定自己请老师教课,梅青立即想到了嘉树。

新学期开学,嘉树的"学校"也准备开课,教学地点在民工宿舍不远的一个空车间里,黑板是旧物市场上找来的,桌椅是各家拼凑的,不过,学生的教材和嘉树的教学大纲却是从书店买来的,十分正规。从某种意义上说,嘉树就是这些孩子的"家教",可他还是希望这老师当得正式一些,严格按小学教学大纲和教学的制度操作,他还给学校起了名字——希望小学。嘉树当然知道,此"希望"小学和"希望工程"的"希望小学"含义是不同的,民工们不愿劳神去区别那些,他们只是觉得"希望"这个词很合他们的心意。

开学了,嘉树既当校长、教导主任、代课老师,又当班主任,一个人忙得不可开交。他很投入,日子过得也充实。到了领工资的日子,民工一家一家凑钱给他时,他才突然意识到自己的特殊身份。月光下,梅青安慰嘉树,梅青说,圣人孔子当先生时,不也一家一家收猪大腿吗?嘉树说当初如果想到这一点,我也许不会答应你的。现在没办法,我和孩子们已经有了感情。梅青说从这一点上来说,我们还要感谢国家为我们培养了大学生。

六一儿童节快到了。嘉树想搞一次运动会,跑了两天没找到合适的场地,于是他征求家长们的意见,将运动会改成了演唱会。经过十几天紧锣密鼓的筹备,演唱会准备妥当。"六一"那天下小雨,而孩子们的家长也想观看演出,于是纷纷请假。巧合的是,那天市长去船厂视察,走到停用多年的旧车间前,他突然听到了齐刷刷的童音:"我们的祖国是花园,花园里花朵真鲜艳……"孩子们可着嗓子忘我地唱着。市长了解情况后,心里很难过,他说看看吧,这就是我们万吨油轮建设者的孩子,这就是我们祖国的花朵!

据说市长回去后就做了一个批示,批示内容嘉树不知道,孩子们的家长也不知道,但没出半个月,这些孩子就被安排到不远的一个小学里插班就读。孩子们有了着落,嘉树却又一次失业了。市长当然不

会想到嘉树，为他专门做一个批示。梅青却没忘记嘉树。

　　嘉树继续在这个城市里找工作，尽管他无法在简历中填上工作履历，可他觉得：没什么可怕的，自己已经有过教学经历了。他当过校长、教导主任、代课老师以及班主任……

寻　找

○喊雷

　　搽耳初级中学传达室门口旁边有一个失物招领箱。不知从啥时起,招领箱里挂上了一串钥匙,钥匙链上还拴着一张身份证。这就是说:钥匙与身份证准是谁一起拾来挂在这里让认领的。

　　有一天,刚从乡下转学来的二年级学生杨帆见到这串钥匙链拴着的身份证,问传达室的王大爷:"身份证上既然有姓名和详细住址,为什么不把钥匙和身份证还给失主呢?"

　　王大爷说:"身份证上面的住址是龙门镇新街一百二十四号。龙门镇离这里有三十多里路,又不通公路,谁会管这闲事专门上龙门镇跑一趟?"

　　杨帆说:"这照片上的老奶奶把身份证和钥匙丢了,一定非常着急。难道就没人照这地址给这个叫刘妍的老奶奶去信,让她来把丢了的东西领回去?"

　　王大爷说:"买信封邮票要花一元钱呢,这钱谁掏?"

　　杨帆真想说"这钱我掏",可他不敢说。因为他家里太穷。他妈妈去年病逝了,他是跟随进城打工的爸爸来这里上学的。交学费的钱是爸爸借来的。每天吃早点,爸爸只给他五角钱,用来买一个夹咸菜的烧饼。他拿不出一元钱来管这"闲事",然而他每一次路过招领箱

时都会不由得停下来看看那串钥匙和身份证上的老奶奶的照片。看的次数多了,他便觉得照片上慈眉善目的老奶奶似乎在对他说:"孩子,奶奶求你了!帮帮我吧!"于是这钥匙和身份证就不仅仅是挂在招领箱上,而且也挂在了杨帆的心坎上。为了不再愧对这位老奶奶,杨帆开始实施每天节省一角钱的计划:他每天早上只买一个不夹咸菜的烧饼。两星期过去,他就节省下了一元钱。他用这一元钱买来邮票和信封信笺写了一封信,通知老奶奶到学校来领取失物。

星期日上午,杨帆骑着自行车去邮局送信。可当他正要把信投入邮箱时,却发现前天粘的那张邮票已不在信封上,显然是没有粘牢的缘故。

杨帆明白:这封信今天寄不出去了。这都怨他自己太粗心大意。为了惩罚自己,杨帆决定继续不吃咸菜,省下钱来再另买一枚邮票。可是后来他觉得这个办法不好:老奶奶丢了她随身最重要的钥匙和身份证,肯定急得不得了。不能让老奶奶再等了。杨帆突然想起:今天不正是星期天吗?这儿距老奶奶的家虽然有三十多里路程,但骑自行车来回也不过大半天。于是他问清去龙门镇的路线之后,就跨上自行车出发了……

第二年夏天,杨帆虽然以优异的成绩在搽耳初级中学毕业,但因为家里穷,他爸爸不让他报考高中,要他去南方打工。

舍不得离开校园的杨帆,在预购了去南方车票的前一天,特意来到学校看望他的老师。杨帆刚跨进校门,传达室的王大爷就对他说:"你来得正是时候,校长正打算派人去找你。校长现在正在办公室等你呢。"

杨帆来到办公室,校长对他说:"十二年前从我们学校退休的刘妍老师上周六病逝了。刘妍老师有一封早经公证处公证过的遗嘱,要我们转交给你。"

杨帆接过这份遗嘱,见上面写着:

杨帆同学:

两年前,医院就查出我患了肺癌。我知道自己已不久于人世,为了寻找一个品学兼优的孩子继承我的遗产,我着意吩咐王大爷把我的身份证和一串钥匙挂进了学校的失物招领箱……大半年过去了,一个千余人的中学,竟然没有一个孩子愿意花一张邮票寄信给我或耗费几小时的时间帮我把"失物"送来。是你这个刚踏进搽耳初级中学校门不久的乡下娃给我送来了。我没有子女。我的家产仅仅是两间有数千册藏书的房子和四万元的存款。我决定都赠送给你。这笔钱大约可以帮你读完高中、大学。一年前你把这房门和屋内的箱子、柜子的一串钥匙和我的身份证交给了我,今天我就把这串钥匙和我的身份证交给你。寒暑假期,你就在这里复习功课吧。书桌对面墙上挂着我一张照片。照片上的老奶奶希望看到你从这间房子里走出去,成为祖国的栋梁。身份证就留给你当作书笺用,让它伴你阅读你将要阅读的每一页书刊。

永别了,孩子。

退休教师:刘妍

杨帆看完这封信时,他那不住流淌的泪水把信纸都打湿了……

妄下的断言

○苏丽梅

二十多年前的那个金色秋天,我从师范学校毕业,到一所山村中学任教。

这是我上课的第一天,我站在讲台上,看到台下齐刷刷坐着的四十几名学生。我翻开课本,开始神采飞扬地讲课。

"报告!"随着一声喊,教室门口站着一位女同学。我转过身一看,这位女同学衣着朴素,甚至膝盖上还打了一个补丁。我走上前问她的名字,然后盘问她为什么迟到,她说她叫刘春丽,因为中午出去卖冰棒,迟到了。

我叫她在座位上坐下后,继续我的讲课。不一会儿,我发现刘春丽在低头忙乎着什么。我悄无声息地走了过去,看到她膝盖上放着一本书,正看得津津有味。我伸出手,把她的书拿了过来。刘春丽显然被吓了一跳,身体抖动了一下。我看了书名,是钱老先生写的《围城》。我对刘春丽说:"上课要好好听课才对,咋看起课外书来了?这些书等到回去的时候再看。"刘春丽的脸腾地红了起来,嗫嚅着说:"回去没时间看,马上要还了。"没想到她不仅不认错,还为自己辩解,我顿时气坏了,没收了她的书。

原打算过几天就把书还给她的,没想到,接下来忙着搬家,把她的

书弄丢了,当时也没在意。想着那本书快被翻烂了,我的心变得无所谓起来。

早课上,有时轮到我值班,总能看到刘春丽迟到的身影。刚开始,我还对她好言相劝,看她屡教不改的样子,也就对她失望了。

第一单元的考试成绩出来了,我留意了刘春丽的成绩,虽然语文基础考得不是很理想,但作文却写得很流畅。我心想,这可能和她喜欢看书有关系。我当场把她叫到跟前,对她说:"语文基础知识要花时间去记,只有多记忆,才能考出好成绩。"刘春丽听了我的话,漠然地点了点头。

一次作文课上,我要求学生写的题目是《二十年后的今天》。作文本收上来后,我一看同学们一个个展开了丰富的想象,写出了自己二十年后的身份。我再看刘春丽的作文本,只见她在里面写着:"二十年后,我将是一位鼎鼎有名的作家,并已经出版了自己的书……"看完刘春丽的作文,我不禁笑她的痴狂。

在办公室批改作业的时候,我与几名老师交流对刘春丽的看法,大家的意见表现出了惊人的一致:懒散,拖拉,喜欢迟到,成绩不咋样,老是拖全班后腿。总之,没一位老师夸赞她。

期末考试成绩出来后,学校要求我们家访。我来到刘春丽家,她家的灯光很暗,以至于我差点踩到了在地板上走动的小鸭。刘春丽忙着带两个孩子,看得出是一对双胞胎。看到我进来,刘春丽把孩子放在床铺上,两个孩子一躺在床铺上,就哭得惊天动地,再看刘春丽,很腼腆地站在我面前。

"作业写完了吗?"我叫刘春丽坐下,想对她的情况做些了解。刘春丽摇了摇头。"为什么不做呢?"我一看时间,已经九点多了,不禁生气起来。"我娘叫我带弟弟。"刘春丽的头更低了。这时,我才知道,刘春丽的父亲和她母亲离婚了,这两个孩子是她后妈所生,两个大

人把孩子扔在家里,出去打麻将了。我轻轻地叹了口气,赌气地跟她说:"你这样的学习态度还想当作家,做梦吧。"说完,我生气地离开了她家。

升到初二的时候,刘春丽辍学了。大家想到她很不理想的成绩,只是例行公事地上她家做了下她父母的思想工作,就听她父亲说,刘春丽跟村里人出去打工了。既然如此,我也就不再关心。

转眼,二十多年过去了,当年青春年少的我已成了中年人。这天,我接到当年初一班长的电话,说创建了一个 QQ 群,要我加入。二十多年来,我对这些学生的去向一无所知,也很少有学生给我打电话,正在我把自己的过去渐渐淡忘的时候,班长的邀请让我又回到以前的时光。看到群里那些似曾相识的名字,我记忆的闸门一下被拉开了。

大家一看到我进群,都欢呼着,说,林老师来了,太好了。林老师,您知道吗?我们班出了个作家。我惊诧,忙问谁是作家,同学们告诉我,是刘春丽,已经是国家级别的作家了,出了好几本作品集。

陆陆续续地,我才知道,刘春丽辍学后,开始了她颠簸的打工生涯。可是,她念念不忘她的文学梦,于是,边打工边写稿,发表了许多作品,终于圆了她的梦想。我正为自己有这样的学生而暗自高兴,看到刘春丽在群里说话了:"时间过得真快啊,二十几年就这样过去了。如今的我们,已经进入回忆阶段了。我还记得林老师那时没收了我的《围城》,那本书是向别人借的,这之后,我卖了多少根冰棒才凑到买《围城》的五块钱,然后买了一本书还给对方,哈哈。"

网线的这端,我的汗不自觉地冒了出来,为自己青春时的过错,以及那曾经妄下的断言。

我为自己感到汗颜。

井不自知水多少

○金昌

　　大学生村官耿自民是杨树庄的村主任助理。助理嘛,说是个村官是个村官,说不是个村官也不是个村官,但时下对委派到村里的大学生就是这么个称呼,耿自民也就不在乎了。可他在乎的是,他所在的这杨树庄,在乡里乃至县里,都是中等靠上的村,农业水平、经济状况、村容村貌、村民生活等方面,均属比上不足,比下有余。因而,村民们纵向比,横向看,心理比较平衡。心理一平衡就矛盾少、问题少、麻缠事情少,工作就好开展,村民就好相处,成绩就好取得。

　　可是,就在耿自民干得顺风顺水、小有成就的时候,上级突然决定,把他从现在的村,改派到沙窑村。

　　沙窑村是个大村穷村落后村,人多地少村风乱,土地承包这么多年,别的村都富了,改变模样了,沙窑村却依旧贫穷落后,发展缓慢。尤其是村里出了一起从未出过的凶杀案,使该村更是陷入一片混乱。为此,市里专门抽出一名干部担任该村党支部书记,并要求尽快调整村两委班子,稳定村民思想,扭转混乱局面,改变沙窑村的落后面貌。

　　耿自民就是这个时候,被改派到沙窑村的。于是就不愿意,就赌气,就谎称父亲病重,回了老家。

　　顶着火烧火燎的大太阳在地里浇地的老耿,见儿子哭丧着脸回来

了,便知必是心里有了疙瘩,遇上难题了。于是边浇地,边探听儿子的心事。待老耿弄清了儿子的气头,便对儿子说,村里的事,挺不好搞的,你驻村一年多了,我想着,不容易。既然回来了,就跟我好好浇浇地,把心里的事静一静。村里的事,是个操心累人的事,看你晒得跟我一个颜色,我就想着,挺苦的。

儿子说,吃苦受累我不怕,可是,眼看就要出成绩了,就要有选拔的机会了,却给我换了那么一个烂村子,这不是故意坏我机会,给我好看吗?

老耿说,烂村子,才能显本事,说不定是哪个领导看上了你的啥本事哩。

儿子说,我有啥本事嘛,在那个杨树庄,还是下苦劲跟别人学着干的呢,有啥本事嘛。

老耿说,那,那你是不是在那个好村待久了,待得怕苦怕累了?

儿子说,从小到大,我啥时候怕苦怕累过? 我是怕没那个本事,到那儿以后干不好,干砸了,给那个本来就乱的村子,乱上加乱。

老耿说,哦,是个理儿。那你就跟我浇地,咱边浇地边好好唠扯唠扯。

老耿说,我娶你娘的时候,你爷爷、奶奶都有病,就不敢娶,怕多个负担,多些难处。结果,你娘来了,很能干,帮助我把啥事都扛过来了。你上到中学时,家里难,我只怕你学习好了,考上大学供不起,想让你早点帮我干活儿,谁知你偏偏就考上了……

老耿说,家里的事,你是知道的,房子翻盖了,你爷爷的后事料理了,拖拉机、收割机买了,你奶奶的身体也好些了,你也大学毕业了……这么多年,这么多作难事,一宗一宗都挺过去了。

老耿说,这人的心胸啊,是被一宗一宗的难事撑大的,这人的本事呀,也是被一宗一宗的难事难大的。我活到现在明白了,这人哪,谁也

不知自己的能力有多大，我要是知道能把这么多的困难都扛好，你爷爷还能走那么早吗？塌窟窿欠账也得住院呀！

老耿说，你看这口井，是土地承包第二年打的，周遭三百多亩地，每年几遍水，都是它浇的。三十年出头了，抽出多少水呀。这井啊，不知自己的水有多少，要是知道了呀，一下子冒出来，别说这三百多亩地了，就是咱们全村，也全都被它淹完了。

听完爹的话，耿自民陪爹浇完地，背上行囊，到沙窑村报到去了。

北京的京

○金昌

一则小孩走失的报道，让市教委的马主任知道了城郊偏僻处的一所民工子弟小学。

马主任一行根据报纸上写的地理位置，按图索骥，找到了这所小学。

小学就设在城郊偏僻处的棚户村里。一间石棉瓦搭盖的教室里，摆放着十几张桌凳，坐着十几个年龄、身高都参差不齐的孩子。马主任走进教室发现，所谓的"教室"，除了黑板是新的，桌子、凳子都是破旧的，一看就是捡破烂捡的或收旧家具收来的。桌子有三斗桌、两斗桌，小学生用的单人课桌，也有宽宽大大的老板桌。凳子有方凳、圆凳，有木质高靠背椅、皮质高靠背椅，也有旋转式的老板椅。教师是一个只有十五六岁的女孩，孩子们叫她玲玲老师。

正给孩子们上课的玲玲见一下子来了好几个人，以为又是来了解顺子的事儿呢，赶忙说道，小顺子不是在俺这儿走失的，是他爸爸妈妈把他带走后走失的。玲玲说的顺子，原先就是这儿的学生，前几天顺子的爸爸妈妈换了打工的地场儿，叫顺子离开了这儿，顺子没人管了，跑出来找这个学校，才走失的。好在那孩子聪明，很快就找到了。不过，报纸上一登，就有人说要把这个学校取消啥的。因此玲玲说，叔

叔,你们千万别取消呀,取消了这些孩子就没人管了。马主任说,你们这个样子,就根本不像个学校嘛!说罢,又问玲玲上过几年学,进城几年了。玲玲说,小学没读完,就跟爸爸妈妈进城了。一位在"教室"外面拾掇废书废报的老人听说是来取消学校的,也走过来说,千万不能取消啊,取消了这些孩子就没人管了。那个小顺子呀,就是没人管了,才东跑西跑走失的。老人又说,其实呀,这也算不上个啥学校,只不过照看照看孩子,哄着孩子玩玩。

马主任说,玲玲老师,你接着上课,讲一讲叫我听听。

玲玲一声招呼,孩子们很快回到各自的位置,恢复了课堂秩序。玲玲站在讲台上,在黑板上写上"北京""天安门",说,同学们,我们接着学拼音。也许是玲玲太紧张了,也许是辍学的时间太久了,她一教,就出了洋相。

玲玲教:běi 北,běi 北,北京的京。

同学们念:běi 北,běi 北,北京的京。

玲玲教:tiān 天,tiān 天,天安门的安。

同学们念:tiān 天,tiān 天,天安门的安。

马主任一听,差点儿笑出声来。他绷住笑,说,玲玲老师,你的小学是在哪里上的呀?

老人赶紧接住话茬儿说,马主任你甭问了,玲玲这孩子辍学太久,功课丢得太多了,其实呀,这些孩子们都聪明着呢!不信叫他们给你出个脑筋急转弯儿,说不定你还答不上呢。老人这么一说,一个叫聪聪的孩子随口问道,叔叔,一斤菜多少钱?马主任问,什么菜?聪聪说,笨!马主任说,怎么了?你不说什么菜,我怎么知道多少钱?聪聪说,笨!一百钱。一两十钱,一斤不是一百钱吗?马主任恍然大悟,噢——钱是名词,同时也是量词。好聪明的孩子,是谁教你的?是一个大学老师教我的。我爸爸在大学路市场卖菜,那个大学的老师教我

的。聪聪说罢,莉莉说,叔叔,我也给你出一道题吧:天安门城楼上都有国徽,哪个天安门城楼上没有国徽?马主任说,我们国家就一个天安门城楼,还有哪个没有国徽?老人说,马主任,她说的是图案,天安门城楼的图案。马主任说,噢——天安门城楼的图案。天安门城楼的图案上都有国徽,哪个上面没有国徽呢?莉莉说,国徽上的天安门城楼上没有国徽。马主任一拍脑袋,说,哎哟——我还真的没有注意过。小姑娘,你是怎么发现的?我妈妈在一个挂着国徽的大门前开了个小卖铺,我没事时,就天天盯着国徽看。马主任说,小姑娘,你真是一个观察力很强的孩子。这时,一个叫明明的孩子说,叔叔,我给你画一张画吧?马主任说,好啊,你画画我看看。明明拿出笔和纸,草草几笔就画了一个人头。马主任看了,觉得也没啥特别的,便敷衍说,哦,是个人头啊,我也会画。明明说,马叔叔,你倒过来看看。马主任把画倒过来一看,发现这竟是一幅两面画。从一边看是个满头浓发的青年,从另一边看,是个蓄着长髯的老者。好,好。这又是从哪里学的?明明说,东边的水库边上,有个伯伯天天在那里画画,我天天围着他看,有一天,伯伯说,我来教你一手吧,他就给我画了这个画,一画,我就记住了。

马主任说,你们真是聪明的孩子。我回去以后,一定立即向领导汇报,一定把你们上学的事情尽快办好。玲玲老师,你其实还是个孩子,你也应该重新回到课堂上去,好好地读书。孩子们一听,"噢——"地欢呼起来,围住马主任高兴地跳起来。

玲玲一听,高兴地走向讲台,在黑板上写上马主任和马主任三个字的拼音,说,同学们,我们要感谢马主任,记住马主任。而后教道:mǎ 马,mǎ 马,马主任的马。

孩子们念:mǎ 马,mǎ 马,马主任的马。

这一回,玲玲和孩子们都没有念错。

请 求 支 援

○周海亮

你决定成为一名剑客,行走江湖。你认为时机恰好。

你的剑叫作残阳剑。这柄剑威力强大,你可以同时斩掉十五名顶尖高手的头颅。你的独门暗器叫作天女针。你面对围攻,只需轻轻按下暗簧,即刻会有数不清的细小钢针射向敌人,状如天女散花。天女针一次可以杀敌八十,且这种针毒天下无人能解。

靠着残阳剑和天女针,你打败了飞天燕,杀掉了钻地鼠,废掉了鬼见愁的武功。他们全是江湖上一顶一的高手,他们全是杀人不眨眼的黑道魔头。从此你声名大振,投奔者众。

现在你拥有一支军队,占有一座城池。你的军队勇士五千,良驹八百;你的城池繁华昌盛,鸡犬相闻。

你不停地和道上的兄弟签署着攻守同盟。你还和神枪张三、铁拳李四、一招鲜王五结拜成兄弟。你们肝胆相照,荣辱与共,不求同日生,但求同日死。

所有的一切都是那么美好。你招兵买马,筑固城池。似乎四分五裂的天下不久之后就将统一,你将成为万人瞩目的头领或者君王,你将拥有无涯江山,无尽财富,无穷权力,无数美女。你沉浸在难以抑制的兴奋之中,你常常会在梦里笑出声来。

可是,鬼见愁突然杀了回来。

其实那天你并没有完全废掉他的武功。那天你有个小的疏忽。鬼见愁凭着多年的武功造化医好了自己,又用三年时间练就了一门邪道功夫。现在他率精兵五万,包围了你的城池。

敌十倍于你,你并不害怕。因为你的勇士们个个以一当十。

你的五千勇士扑出了城。你试图将鬼见愁的五万精兵一举歼灭。你甚至想晚上就可以用鬼见愁的脑袋做成一个马桶。可是你很快发现自己犯下了一个致命的错误——鬼见愁的五万精兵,完全以死相拼。他们踏着同伴的尸体往前冲,极度疯狂。你砍断他的矛,他会用拳头打你;你砍断他的胳膊,他扑上来撕咬你的咽喉;你砍断他的脖子,他还会在倒下去的一刹那,用脚踢一下你的屁股。尽管你的五千勇士个个骁勇善战,可是最后,他们不得不退了回来。

五千勇士,只剩三百。

鬼见愁精兵五万,尚有八千。

你关了城门,开始求援。

你给神枪张三飞鸽传书,让他速来救你。几天后你得到消息,神枪张三早被一无名剑客杀死于某个客栈。

你千里传音给铁拳李四,让他速来救你。铁拳李四回话说,现在我也被困,自身难保,如何救你?

你在城墙上放起求援的烟火,这烟火只有一招鲜王五才能看懂。一会儿王五放烟火回答你,他说,我正在攻城略池,无暇顾你,你好自为之。

无奈之下,你计划弃城。你已经管不了城里百姓的死活。现在你只想自己逃命。

夜里,你率剩下的三百勇士突围。那是一场惨烈的战斗。你挥舞你的残阳剑斩下无数头颅。你的天女针霎间消灭掉鬼见愁八十名贴

身保镖。可是当你抬头，你突然无奈地发现，现在，你只剩下一名勇士，而鬼见愁，尚有精兵一百。

你的天女针已经射完最后一根钢针。现在它成了废物。

你的残阳剑已经卷刃并且折断。现在它不如一把菜刀。

你和最后一名勇士逃回了城。鬼见愁甩手一镖，你的勇士就倒下了。倒下前他为你关闭了城门。他忠心耿耿。

鬼见愁将城围起，不打不攻。他想将你折磨致死。

其实鬼见愁只剩士兵一百。你只需再有一把残阳剑，再有一管天女针，就可将他们全部消灭。可是现在你没有了武器，也没有了士兵，更没有了兄弟和朋友。你呼天天不应，叫地地不灵。

等待你的，只有死路一条。

最后一刻，你终于想起了你的母亲。你向她求援。

她六十多岁。

她是一位农民。

她连鸡都不敢杀。

你给她打电话，说学校又要收学费了，五百块。她说，好。我马上照办。

你命令不了别人，但可以命令她。

你用这五百块钱给你的游戏卡充值。你重新为自己装备了残阳剑和天女针。你单枪匹马冲出城外，将鬼见愁和他的精兵杀个精光。

你保全了自家性命。你还可以行走江湖，招兵买马。

即使在虚拟世界里，最后一位给你支援的，也肯定是你的母亲。

青岛啊，青岛

○刘兆亮

　　青岛是一个很美好的城市。我那时认为它恰如其分的美好是因为父亲去了那里。

　　自从父亲去了青岛，这个离我八百里的地方突然有了亲和力和感召力。尊敬的青岛市民也好像一下子成了我的亲人，我特别挂念青岛，想念他们。

　　父亲是去青岛干建筑小工的，抬水泥、搬石块、挑砖头是他的工作。但这是次要的，父亲在青岛生活和工作了，这是让人感恩的事。

　　那时我正上高三，父亲带着家中最破的被子和那顶漏雨的安全帽到县城坐火车。因为正好有四十多分钟的空闲，父亲就到学校来看我，但他并没有见到我，他的脚刚好踩到上课铃声。父亲就给看门师傅留了一张字条，写道："儿，我去青岛干活儿了，青岛好啊，包吃包住，一天二十块钱。你好好念书，争取考到青岛去。"署名是"父亲亲笔"。

　　这是父亲写给我的第一封书信，是写在随手捡起的烟盒上的，烟盒上的脚印清晰可辨，比父亲的字还工整，但父亲的字比它精神多了，撇撇捺捺都有把持不住的去青岛的激动之情。

　　"青岛好啊"，父亲这个赞美诗般的感叹也是听别人陈述来的。

父亲没去过青岛，甚至他连比县城更大点的城市都没去过，但父亲那时去青岛了。接到父亲的留言，我很高兴。

从此以后，我的学习和生活便有了"青岛特色"。地理课本上的胶东半岛成了我的维多利亚港，历史课本上德国强占青岛的章节让我深刻铭记，青岛颐中足球队成了我心中的巴西队。而我的高考志愿上，打头阵的都是青岛的学校。

事实上，父亲在青岛过得并非真如他想象的那么好。

他在一个叫观海山的山上建花园。山不太高，但站在屋顶上可以看到海，下雨天不上工，父亲就上山顶去看海。看海是父亲最高级的精神生活。在他的物质生活方面，让他津津乐道的，是能隔三岔五吃到两块五一斤的肥肉膘。父亲说，瘦的他们才不爱吃呢，青岛的肉真贱！父亲说，乖乖，青岛就是青岛啊！

但青岛没有及时给他发工资，这是堵心窝儿的事。父亲说，肥肉很香，但一想到钱就咽不下去了。

父亲走时只准备了二十五块钱生活费，父亲花了四十天，之后，他摸口袋时，兜里只剩下五个手指头了。当然，在他的内裤边，母亲还连夜为他缝进了五十块钱。但那钱不能动啊！

青岛怎么不发工资呢？老板临时有点困难，让父亲等人顶一顶。父亲觉得那个李老板说的话不虚。以前李老板让父亲下山替他买的烟都是十多块钱一包的，现在下降到四块多钱一包的了。

给李老板买烟是父亲难忘青岛的另外一个原因。

起初，父亲买烟买得一肚子得意，觉得老板还挺把自己当回事。等父亲戒烟了——实际是没有闲钱买烟了，他才感觉到买烟成了一种煎熬和痛苦。父亲每次烟瘾上来的时候，都要到厕所尿一泡尿，每次进行的时间都很长。他低头思考着什么，最后还是使劲儿地捏一把那硬撅撅地缝在内裤边的五十块钱，忍了。

但父亲经常把烟包放在鼻子下使劲儿地闻一闻。闻一闻烟又不会少,没事的。有几次他甚至就想把手中的烟往腰里一别,一口气跑回家,坐在田头再一口气抽光。边抽烟边看玉米生长,多美的事儿啊!

但父亲是个老实巴交的人,这也是老板习惯让他买烟的根本原因。父亲觉得自己携烟出逃的想法太匪气了,也不切实际。父亲比较实际的做法是,爬山时多弄出点汗,递烟给老板时好让他酬劳给自己一根抽抽,但是没有。只有一次,李老板客气地说,剩下的三毛钱硬币不要了,看你累的,头上的汗珠子比雨点儿还大!父亲不收,两个人互相推让,干活儿的人都把手中的活儿停下来看他们。李老板生气了,大喝一声后又把声音压得低低的,拿着,对,拿着。父亲的兜里就多了三毛钱。

父亲想等下次再多出三毛,还有再下次、再再下次……

但李老板已经好几天没让父亲买烟了,也就是说李老板已经很少过来了。慢慢地,父亲等人就感觉到李老板可能在耍熊蛋了——他要跑掉了!

大家也很久没能吃上肉了,伙房的人也好久没接到钱了。

工程没完,老板就跑了,碰上这样的事,算是倒了八辈子霉。

父亲等人也不能干等着,就买了车票回家。父亲他们都偷偷地进行着自己的工作:有的与父亲一样拆开了内裤,有的翻起了鞋子,有的把被子里的棉花团弄开……那里是事先准备好的回家的路费。我们那里的习惯,路费多少就缝多少。

父亲把他在青岛的这些经历讲给我听的时候,我还在等青岛方面的大学通知书。青岛与我的关系还八字没一撇。

但青岛朝我走来了。我被青岛一所重点大学的土木工程系录取了。

那天父亲把烟头抽得很兴奋,他满眼亮亮的,左手比画着青岛宽

阔的马路怎么走,还一个劲儿说,青岛好啊!青岛好啊!

　　我不知道,当父亲赞美诗一样地感叹青岛好的时候,他的右手在口袋里把从青岛带回来的那三毛钱都攥出了汗!若干年后我才发现,那三枚硬币,被父亲打进了我的背包,那是父亲在青岛赚取到的财富,儿子应当继承。

探花郎的后代

○江岸

　　章世骏高中没毕业就上山下乡，扎扎实实当了几年农民，返城后在青龙街一家小型机械厂做钳工。章世骏经常感叹命运对他的不公。章世骏说，他家从有史可考的老祖爷爷起，就一直是书香门第，老祖爷爷于大明嘉靖年间被钦点探花，拿现在比，就像全国高考第三名。但当然跟现在不一样。现在考上大学，还得再坐四年寒窗，毕业了还不定干啥职业呢。那时一考上就立马封官。他的老祖爷爷就做了翰林，确实是朝为田舍郎，暮登天子堂啊！！

　　章世骏这番夹叙夹议的宏论，大家都不太相信。他终于找来了一本残缺破旧的宗谱，翻到某一页，在字缝里果然夹着"探花郎"几个字。还不容别人仔细看，他就一下合上了。有眼尖的人看清楚了，这哪里是章氏宗谱，是袁氏宗谱。章世骏一溜烟儿跑了。后来他信誓旦旦地解释，他们这一支为了避祸，改姓了太祖奶奶的章姓，不足为怪。大家当面称他"探花郎"的后代，背后却骂他卖了祖宗。

　　章世骏贫不择妻，找个女工结了婚，生育了一儿一女。两个孩子挺争气，先后考上了大学。章世骏逢人就说，我们家书香门第，隔了我这一代，到底又闻到书香了啊！探花郎的后代到底和普通人家不一样啊！听他说这话的人都冲他翻白眼，掉头走开。

　　章世骏高兴归高兴，却为难死了。厂子半死不活的，他们这些老工人就内退了，拿最低生活保障。他蹬三轮，有活儿了就一身臭汗，没活儿了就在街头巷尾守株待兔。老婆搬一台破旧的缝纫机，在街边树荫下给人换拉链、打裤边。两口子虽然早出晚归拼了老命谋生，仍旧不够两个孩子的花销。老婆和他商量，让一个孩子休学两年。他一下子急了，嚷起来，老子砸锅卖铁，也要让孩子上学。吓得老婆再也不敢提这茬儿了。

　　章世骏每天交给老婆的钱，也就二三十元。有一天晚上章世骏回家，一下子交给老婆三百元钱。老婆吃惊地瞪大了眼睛。

　　你捡钱了，还是抢银行了？老婆问。

　　他虚弱地摇了摇头。

　　你说清楚，不说清楚我不要。老婆皱着眉头说。

　　你没看见我要死不活的样子吗？我今天拉了个大老板，跑遍了全城，累的。人家大老板出手大方。他苦笑着说。

　　人家大老板为啥不坐小车，坐你的三轮？老婆追问。

　　我怎么知道？你问大老板去。章世骏不耐烦了。

　　后来，章世骏再也没拿过大额的钱回来，只是每天的收入都比过去多了点儿，一个月下来，就多出了三百元。老婆又起了疑心。盘问他，他总是说，现在坐车的人多嘛。

　　有一天章世骏蹬着三轮，一头栽到了地上。好心人将他送到了医院，医生说他严重贫血，导致晕眩。他老婆在他的衣袋里掏出一纸医院买血付款收据和几张百元大钞，眼圈一下子红了。

　　章世骏的一儿一女大学毕业以后，都找到了如意的工作，生活富足。章世骏再也不必为生活打拼了。他对老婆说，三代不读书，蠢如牛。我们家就我这一代没读书，我差不多也成了一头蠢牛。原来他想圆大学梦，一条街的人都说他神经出了毛病。

新闻媒体却对他考大学一事青睐有加,将他求学的整个过程在当地电视台、电台和报纸上渲染得沸沸扬扬。后来他获准到小城师院中文系做了旁听生。

他特意理个精致的平头,刮净胡子,戴着老花镜,大步流星地走进教室。班长不失时机地、洪亮地喊了声"起立",全班同学齐刷刷站起来,高喊"老师好"。章世骏慌乱地连连摆手,高高举起的手臂遮掩着满脸的尴尬,同学们只看清他满头的白发。他小跑着溜到了教室后面,找了个座位坐下。

这时,一位扎着马尾辫的年轻姑娘健步走了进来,径直走向讲台。姑娘丹唇轻启,娓娓言道:本人姓章名灿,是本班同学章世骏的女儿。下面开始上课。

同学们这才明白过来,诧异地扭头回看章世骏。他面对全班同学露出沧桑的脸庞,笑了。

花 喜 鹊

○江岸

　　我在一个重要岗位干得很好,官声日隆,还不到四十岁,正要大展身手。可是——人生不能有太多可是,用不了几个,一生就完了——竟然被安排到一个不咸不淡的单位就职。正像一个演员,已经盛装登台,突然宣布闭幕。

　　想不通,怎么也想不通。想不通就不想了,我悄悄回到黄泥湾陪娘过了一个月。我是第一个考上大学走出村庄的人,是全村人的骄傲,更是娘的骄傲。工作以后,我是拼命三郎,很少回来看娘,偶尔把娘接到城里住几天,也没有时间陪娘说话。老婆孩子也各忙各的。娘一个人孤零零地待在高楼上,住不了几天就吵着要回家。这次我关了手机,专心陪娘。我搬一把椅子,让娘坐下,再搬一把椅子,偎着娘坐下。家乡的天空瓦蓝幽远,淡淡的云丝在天上游弋,温和的阳光照在我们母子的身上。我的心绪格外平静,和娘唠唠家常,一起做做儿时的游戏,念念儿歌。我真的觉得我是天底下最幸福的人。

　　娘,《小板凳》怎么说的?

　　《小板凳》?哦,是这样……

　　小时候,娘从田间地头回来,有些疲惫了。我不管,看见娘回来,缠着娘,不是要娘讲故事,就是要娘背儿歌。娘不管多忙多累,都会抱

着我，捏着我的小手，一句一句教我：小板凳，弯弯腰，小媳妇，没多高。在屋里，老鼠咬；在外头，老鹰叼；在河里，洗衣裳，被癞头蛤蟆绊一跤。每每说到这里，娘就反复重复"被癞头蛤蟆绊一跤"这一句，一边说一边胳肢我。我笑得翻滚着身子，从娘怀抱里挣脱出来，一直滚到地上。

娘念罢了儿歌，愣愣地看着我。

娘，您怎么不胳肢我了？我问。

娘慢慢伸出一根指头，在我宽阔的手心里划拉。

不痒，一点儿都不痒。我说。

夜晚，我睡不着，和娘一起看满天的星斗。大黄狗忠实地卧在娘的脚边。我说，娘，我们玩卖狗吧？

卖狗？哦，好啊……

小时候我们爱玩卖狗。亮堂堂的月亮地里，白花花的月光让每个人都洁净起来。一群孩子鱼贯而出，围绕"买狗老汉"转圈儿，一边转一边齐声唱：这大月亮好卖狗，卖到铜钱打烧酒。走一步，喝一口，俺问老头儿买狗不买狗？"买狗老汉"说不买，队伍就继续转；什么时候说买了，队尾的孩子就跑过来，蹲到"买狗老汉"后边，如果大人不吼，孩子们的这个游戏可以一直玩下去。

我围着娘转，一边转一边唱：这大月亮好卖狗……

娘说，大月亮呢？没有大月亮。

我停下来，蹲在娘的面前，仰望着娘的脸说，好，咱们不卖狗了，咱们再干点什么呢……

终于等到月亮大起来的夜晚。亮堂堂的月亮地里，白花花的月光让我和娘都洁净起来。大黄狗照样忠实地卧在娘的脚边。

娘，咱们卖狗吧？

卖狗？你血压高，还能转圈儿吗？

嘿嘿，那您教我《月亮走，俺也走》吧……

小时候,有月亮的夜晚是我们的节日。亮堂堂的月亮地里,白花花的月光均匀地洒在孩子们的身上。孩子们手牵着手,一边蹦一边唱:月亮走,俺也走,俺给月亮背挎篓。挎篓里面一碗油,姊妹三个都梳头。大姐梳个盘龙髻,二姐梳个东洋头,三姐不会梳,梳个燕子窝……娘不是不会梳头,娘没有时间梳头。忙罢了田地忙灶台,忙罢了灶台忙鸡猪,忙罢了鸡猪忙孩子,所有孩子都洗好睡下了,也到半夜了,娘的腰都要断了。早晨天蒙蒙亮,娘就要起来,把所有该忙的又忙活一遍。所以娘的头发永远是乱蓬蓬的。

我蹲在娘的膝前说,娘,我给您梳头吧。

娘笑着说,你数数娘还有几根头发?

没想到,在娘身边的日子过得这样快,快得不可思议。一个月就这么过去了。新单位的轿车停在村口,要接我去工作。我必须离开家乡了。

我抱了抱娘,贴了贴娘的腮帮,对送行的乡亲挥挥手,要上车了。娘突然正色说,儿啊,以后回家什么也别带,娘看见你就什么都有了。

我知道了,娘。

娘还有一首儿歌,你要听吗?

娘,您说吧,我还要听。我赶紧竖起了耳朵。

娘的声音苍凉低沉,一字一句特别清楚:花喜鹊,尾巴长,娶了媳妇忘了娘。老娘扔进山沟里,媳妇搁在炕头上。关上门,堵上窗,出溜出溜喝面汤……

我知道,娘念的也是一首儿歌,名字叫《花喜鹊》。

我看见娘的眼泪流了下来。

我的眼泪也出来了,模糊了我的视线。自古忠孝不能两全,以往欠娘的实在太多。什么都没有了都没关系,幸好还有一个娘。

名　师

○天空的天

　　名师闻名于小城南北,因为所教授的学生多升入全国知名高校。水涨船高,名师收取的补课费也很高,每人每时百元。尽管如此,许多望子成龙的家长仍络绎不绝地把孩子送到名师这儿来,但多是官宦富商人家的子女。

　　这天来了一位中年妇女。女人为她的孩子而来。女人说她有两个孩子,因为贪玩,学习成绩每况愈下,她屡教不听。他们的父亲临终前嘱托她把孩子培养成人,她怕孩子这样发展下去会有负于丈夫的嘱托,特来求助于名师。

　　名师打量着他面前的女人。女人衣着朴素而干净,四十岁左右年纪,却已鬓染初霜。女人拘谨的神态、诚恳又倍加小心的说话语气让他不由自主地想起了他的母亲。当年母亲为着他的学费而有求于别人时也曾这样。久远的关于母亲的记忆让名师的心禁不住颤了一下。所以当女人说她只能支付一个人的补课费,又想让两个孩子同时接受名师指导,问名师可不可以时,名师几乎没怎么犹豫就答应了。

　　第二天,名师见到了女人的两个孩子。两个人一样的个儿头,一样的长相,一样的衣着,是一对双胞胎兄弟。

　　兄弟俩都很聪明,性格却不太相同。兄做题迅捷而马虎,弟做题

缓慢而仔细;兄领会并掌握新知识的能力强些,弟就相对弱些。兄整体的成绩略高于弟,所以常自恃高傲嘲笑弟愚笨缓慢,因而弟虽不懂并不求教于兄。

一次名师布置一道作业题让兄弟二人回家做。第二天,名师看他们的题解,兄详尽而正确,弟虽涂了满纸,但无一正确答案。兄望着弟得意地笑,弟却不屑地转过头。名师不禁皱起了眉。

名师的妻子喜欢吃糖炒栗子,名师每天饭后出去散步时便会顺便给妻子买些回来。这天名师散步遇见一个多日未见的朋友,就把给妻子买栗子的事忘了。深夜妻子看完电视想吃栗子却没有,让名师去买,名师有些不情愿,但还是去了。

楼下拐角就有卖栗子的,但是现在太晚了,卖栗子的早回家了。名师又去了食品一条街。

去食品一条街要路过中街。中街是小城最热闹的街,人流量大,所以一些小商小贩冒着被追赶罚没的危险也愿意把货摊摆在中街卖。

远远的,名师就看见中街昏暗的路灯下有个人影在晃,走近了看清是个卖栗子的。冬夜太冷,摊主一直在跺脚。还没等名师开口说话,摊主就认出了名师,您是魏老师吧?

摊主说着摘下口罩,名师认出她就是双胞胎兄弟的母亲。名师有些惊愕,还有些不知所措。

女人很麻利地装了些栗子在包装袋里给名师,名师不肯要。名师说他还要去买些治头疼的药就仓皇地逃也似的离开了。

名师空着手回到家。妻子问,栗子呢? 名师说,没买到。怎么会没买到呢? 没卖的了。怎么会没卖的呢? 名师不再理妻子,自己睡去了,却辗转反侧,一宿没睡着。

第二天兄弟俩再来听课时,名师就讲得有些不用心,给弟弟讲题时,讲一遍不会就不给他讲第二遍了。而以前,名师会把题讲到兄弟

俩明白为止。

课时结束后，名师对兄弟俩说，他改变主意了，他们是两个人，要收两个人的补课费，不能只收一个人的了。名师让他们把这件事转述给他们的母亲，并让他们的母亲把另一个人的补课费补上。

如名师所料，当天晚上，兄弟俩的母亲就来了。

孩子们说的事是真的？女人颤抖着声音问。

名师沉默了一会儿说，是的。

女人忽然流下泪来。

名师镇定着，不为所动。

我想来想去，我的规矩不能改。但你可以选择不给他们补课。名师说。

女人擦干了眼泪，下了很大决心似的，说，好吧，就按老师您说的办。

名师心里暗讶了一下，点头说，好。

只是补课的钱我一时拿不出那么多，请您多宽限几天。女人又说。

名师犹豫了一下，说，好。

此后兄弟俩对名师的态度发生了翻天覆地的变化，仇人似的，每时每刻都以冷眼相对名师。名师对他们兄弟俩的态度也变了，讲题时越发地不用心，兄会弟不会的题，他直接让兄给弟讲一遍，自己却不肯再讲。

一次弟有六道题不会做，从头到尾都是兄在讲，中间名师没有插一句嘴，只在兄讲完了第六题时，名师问了弟一句，你听明白了吗？弟说，明白了。兄和弟正襟危坐，等着名师开始讲新知识，名师却说了句，时间到了，今天的课就到这里，下课。

兄弟俩气得要跳起来，脸色铁青着，走时把门摔得山响。门关上

之后又踢了一脚。踢了一脚好像还不过瘾，又梆梆地用拳头擂门。名师把门打开，兄弟俩气冲冲地指着名师说，你算什么名师，收那么高的费却不讲课！我们明天就不来了，再也不来了！说完走了。以后真的没有再来。

五年后，小城重点高中有对双胞胎兄弟同时考入了重点大学。这是小城历史上从未有过的事。

听到这个消息后，名师在家里欣慰地笑了。

特别的祝福语

○王琼华

那年,我调到市一中工作。校长征求了我的意见后,就让我担任初三(六)班的英语老师。校长还特意提醒我,这个班有几个同学特别调皮。

果然,第一节课就有学生向我发难了。

我当时问学生:"当我说'我很漂亮'的时候,是什么时态呢?"话音刚落,就从教室一角冲出一句怪怪的叫声:"过去时,老师!"

一听,我在一些学生的哄然大笑中真的有点尴尬。

因为,我当时已经三十好几了。虽然平日里比较注意化妆打扮,但这个年纪的女人跟眼前这些花季少女相比,还真成了明日黄花。只是面对这位同学似乎很刻薄的嘲讽,应该去怎样面对呢? 说实话,我心里一时感到十分别扭。

少顷,我平静地说:"请同学们稍等一下。"

说罢,我匆匆走出了教室。

当我返回教室时,教室里叽叽嘎嘎闹哄哄的。有个同学还抻长脖子看看门外,奇怪地问:"老师,怎么校长没来呢?"

"怎么,还以为老师要去告状,搬来校长训话? 你们有什么理由让我这样做呢?"接着,我举起一张相片,"我去办公室找了一张照片。

看看吧,这是我十多年前的照片,怎么样？我当时还被男同学捧为'校花'呢。跟这张照片比较的话,如果我还说'我很漂亮',确实是过去时。过去,我的确漂亮。十八岁的姑娘一朵花。所以,刚才这位同学说的是实话!"

讲台下鸦雀无声。

我又说:"现在坐在这里的女同学,说'我很漂亮',既是现在时,也是将来时。还有男同学,说'我很帅',也是如此。"

猛地,教室里响起了掌声。

这掌声响得好长!

我笑了。甚至,眼睛有点湿湿的。我真的有几分感动。为自己,也为这几十名同学的掌声。

我说:"同学们,我们继续上课!"

时隔多年,这天是我的生日。一位自称是我的学生的男子上门。他西装革履、温文尔雅的模样,一看就是一个挺有出息的人。不过,他一见我马上就有点不好意思。

因为,我开门一看,脱口就说:"哟,是你?!"

"老……老师还认得我？"

"放心,我把别人都忘掉也忘不了你!还有,你年前当上了总经理,这事也有同学告诉我了。好,不错!"

于是,我们都笑了。

他说,他打听到今天是我的生日,特意买来了一盒化妆品。他解释着,不贵,主要是表达一下心意。化妆品盒上还有一张生日贺卡。上面写着一句特别的祝福语:"衷心祝愿老师永远漂亮——过去时!现在时!将来时!"

他就是说那句"过去时,老师"的学生。

离开时,他深深地向我鞠了一个躬说:"谢谢您,老师!您给了我

知识,更给了我一种做人的智慧。"我又一次感动,但接下来他的回话更让我感动。我说:"要不,吃了饭再走?"他说:"下一次我请老师吃饭。今天还真有点事,我约好了,等一下带几个人去探望一名烧伤了脸的女员工。我还要告诉她,不会因为这张脸不好看了,就炒了她的鱿鱼。"

我想,当学生的不该念死书,当老师的更不能教死书。我蓦然想起母校的校训:"学为人师,行为世范。"

后来,这盒化妆品用完了。但那张写着祝福语的卡片我用精美的玻璃框镶着,一直挂在墙上。

冬生的夏天

○朱道能

"冬生——"

正猫着腰拉一车砖坯的冬生,闻声抬起头来,见砖厂老板朝自己招手。

冬生忙走过去,问:"有事啊,表叔?"老板是冬生一个村的远房表亲。

表叔把手机扬了扬:"刚才村主任给我打电话,说你的班主任找你有事,让赶快去一趟……"

冬生搓着手上的砖泥,问:"您知道是什么事吗,表叔?"

表叔道:"没具体问,听村长的意思,是好事儿。别耽误了,赶快去吧——"

于是,冬生就在水管下洗了把脸,又去工棚里换了套干净的衣服,推出自行车,吱吱呀呀地去了。

远远地,冬生就看到学校白色的教学大楼。他不由得心中一热,脚下有劲儿了,一阵猛蹬。

学校的大门口,扯着一条长长的横幅标语:"热烈祝贺我校学生汪冬生同学考取北京大学"。

冬生笑了笑,推着车子,进了校园。

学校放假了，偌大的校园显得空荡了许多。偶尔还有窗口传出声音，那一定是准高三补课的学生了。

在楼梯口，冬生遇上肩扛两桶纯净水的送水工。于是，他便伸手接下一桶，一起上楼。没有想到，正好就是送到班主任陶老师办公室的。

陶老师忙把电扇开大，又递过一瓶水。

"晒黑了，还瘦了，"陶老师心疼地看着冬生说，"听村主任说，你一直在砖厂打工，吃得消吗？"

"没事陶老师，挺好的，我一天能挣三十块钱哩！"说这话时，冬生一脸的灿烂。

冬生的话似乎提醒了陶老师，他说："叫你来，就是告诉你一个好消息的——"说着，他打开抽屉，拿出一张表格来。"省里有个企业家，计划资助一百名优秀贫困大学生。每年五千元，直到大学毕业——咱们学校为你争取了一个名额……"

"真的吗？"冬生激动地站起来，一脸惊喜地接过表格。

"这个资助有个前提条件，就是父母双亡。"陶老师又说，"学校已经给你盖了章，你填完表格后，再拿到村里写个证明意见就行了……"

冬生听着，脸上的笑容在一点点褪去。他缓缓地坐下，一时无语。

陶老师走过去，拍拍冬生的肩膀，叹了一口气说："老师理解你的心情，但是你母亲已经失踪十几年了……即使还活在人世，她也不可能记得清回家的路了……"

冬生咬咬嘴唇，"嗯"了一声。

陶老师又说："实在是机会难得啊……有了这笔资助，你就可以心无旁骛地专心学习，去实现自己的理想，成就一番事业……"

冬生说："陶老师，我知道……"

陶老师顿了顿,又说:"你回去后,就把砖厂的活给辞了。因为这一百名学生要去配合企业,进行一个月的巡回宣传——人家毕竟是企业,还是要讲一点社会效益的……"

冬生站起身,说:"我明白的,谢谢您陶老师——我回去再考虑考虑好吗?"

陶老师又拍了拍冬生的肩膀。

出了校园,冬生又去了镇上最大的一家超市,买了一条香烟,这里每条要比村里小店便宜一块五角钱。他想等哪天下雨停工,回去看看爷爷。

办完了这些,冬生看看表,已经耽误了三个多小时了。他忙去修车铺给自行车加把气,准备往回赶。

修车铺的对面,是一片垃圾场。冬生无意地一瞥,就又看见了那个疯婆婆。

高中三年,冬生常常遇见她。一年四季,她那蓬乱的头发上,总爱扎根红头绳、缠个绿带子什么的,不管什么衣服,捡一件穿一件,一身的花花绿绿,稀奇古怪。但是她从不伸手乞讨,成天就吃在垃圾堆里,睡在垃圾堆里。

此时,她又在垃圾堆里翻找着什么。

突然,她抬起头来,冲着冬生咧嘴一笑,脸黑齿白。

冬生一愣,随即也笑了笑,就别过脸去。

冬生看到不远处有家包子铺,就走过去把剩下的几个干瘪包子买下,又拿出那瓶陶老师送的矿泉水,向垃圾场走去……

骑了一段,冬生又回过头去。看到疯婆婆还站在垃圾堆里,远远地看着自己。冬生忙把头低下,一个劲儿地往前猛蹬。

回到砖厂,冬生一口气喝了两瓢凉水。他一抹嘴巴,拖起板车,进了车间。

表叔见了，就问："冬生，老师找你有什么事情啊？"

冬生支吾了一下，说："学、学习上的事……"

表叔"哦"了一声，又说："跑了这么远的路，就不要干了，去休息吧。"

冬生说："我不累。"

表叔嗔道："这孩子，还算你一天的工钱——"

冬生"呵呵"笑了："那我更要对得起表叔这三十块钱啦——"说着，就猫下腰，拉起一车湿砖坯，稳稳地朝晒砖场走去……

守　望

○符浩勇

　　静下来在教室里写字,她就会望着窗外远处的山口发呆,想象着丈夫在山外打工的生活。

　　前年,县上把柏油路延伸进了村里,通往镇上的路好走了许多,但还是难得见到外边城里的人来。倒是村子里的人拼了命地往外走。

　　晌午时分,春燕刚刚把孩子们送走,就见进城打工的丈夫领着一男一女回来了。

　　男的四十来岁,瘦瘦高高的,头发留得很长,一副艺术家派头;他的上身套了件有七八个口袋的马夹,脖子上挂了个照相机,镜头一摆一闪的。女的二十五六岁,白净高挑,丰乳肥臀,跟从画里走下来的似的,显得妖艳妩媚。

　　丈夫指着那个男的说,这是大摄影师。春燕又看了那个姑娘一眼,摄影师马上说那是他请来的模特。春燕忙说快让客人进屋。

　　吃晚饭的时候,春燕才知道他们是来山里采风摄影的,要参加什么全国性大赛。

　　摄影师对着女模特那张姣好的脸说,你得马上进入状态,开动你的想象力! 明天就可开拍!

　　女模特打了个哈欠,忽然跑到摄影师身边,嘀咕了半天。摄影师

点了点头,女模特就朝春燕走过来。

春燕不知她要干什么,笑吟吟地看着她。女模特说,嫂子,我有个创意,想扮个乡村教师,这些孩子就当是我的学生。

春燕点点头说,当然好啊,就让孩子当你的学生。

女模特接着说,这次摄影主题为"守望"。

春燕有点不明白,什么叫"守望"?

女模特说,明天你就知道了,你和你的学生只要配合好就行。

次日是星期天,按照摄影师的吩咐,春燕让孩子们跟着她爬上大山的坳口处。她扭过头对班长夏蚕说,这个阿姨现在是你们的老师,你们要听她的。

女模特摸了摸夏蚕的脸,好孩子,你们要大胆想象,跟着阿姨入戏。

夏蚕说,入戏?我们要唱戏吗?

女模特说,不是的,是这样,阿姨从大城市来到你们这个偏远的小山村,教你们念书,跟你们建立了深厚的感情,现在,阿姨要走了,翻过这座大山,那边就是进城的路了。阿姨要走了,你们舍得吗?

夏蚕忽然笑了,走就走吧,你又不是不会走路。

孩子们也跟着笑了。

女模特的脸色就变了,瞎起哄,怎么能这样说呢?阿姨要走了,你们应该很留恋,拉着我的手,眼里闪着泪花嘛。

夏蚕说,你不是老师,我们不会流泪的。

女模特一跺脚说,急死了,不知道这是在摄影吗?这又不是真的,你们就不能假装一下吗?假装我就是你们的老师,假装你们很爱我。

夏蚕做了个鬼脸,扭着屁股走了走说,假装我是个模特。

孩子们又轰地笑了。春燕也想笑,又怕女模特不高兴,就忍住了。

摄影师急了,在山坳边走来走去的,忽然招招手把女模特叫过去,

粗着嗓子说,你这是面对一些七八岁的孩子,他们不是大人,明白吗?你要学会引导,引导孩子们!

女模特一甩手说,怎么引导?还怎么引导?这么野的孩子,我是没办法了!

摄影师摇摇头,蹲下身对夏蚕他们说,你们很爱你们的老师吧?

几个孩子点点头,这还用问吗?

摄影师忽然说,可是你们的老师要离开了。

夏蚕就急了,你骗人。

摄影师说,我没有骗你们,你们的老师太优秀了,教育局决定把她调到城里的学校去教书。今天,我就要把她领走了,你们舍得吗?

春燕没想到摄影师会这么说,她心里好像被揪了一下,好像真的要离开孩子们了。她忽然觉得自己根本离不开他们。

开学那阵子,她还盼着有谁能顶替她,那样她就能把他们托付了。她甚至劝过一个刚刚高中毕业的姑娘,说她要进城给丈夫做饭去了,你有文化,你办个班吧。那姑娘说挣那么点钱,还不如开个小卖部呢。她有点失望,可想想也是,她不是也不想干了吗?自己都不愿干,还怎么能强求别人呢?现在,她却觉得再也丢不下他们了,只要有一个孩子在,她就得留下来。

老师,你不能走!夏蚕他们忽然哭出声来。

春燕伸出手,想把他们一个个都揽进怀里,可是,又觉得手臂太短太短了。她望着眼前浩浩莽莽的大山,山上曲里拐弯长着的山林,忍不住肩膀一颤一颤地抖动起来,她怎么舍得离开他们呢?

你们都别哭,老师不会走的。春燕说。

这时候,摄影师已飞快地按下了快门,咔嚓咔嚓拍了几下。

好极了!摄影师兴奋地喊出声来。

酸　豆

〇符浩勇

　　小丫没有想到自己的作文《酸豆》会被丁老师评为优秀,还让她晚自习谈体会。小丫徘徊在去丁老师家的路上,她思量着,见了丁老师该怎样说呢? 小丫是春天开学的时候跟随父亲在小城打工转学来的,插班在城南小学四年级读书,班主任就是教语文的姓丁的女老师。

　　丁老师温柔活跃,性情乖巧,经常结合课程安排一些课外活动,形式内容多样,很讨同学的喜欢,每次上课总是穿戴得体,眉清目秀,小丫心里好喜欢也好羡慕。

　　一次课外活动做游戏,小丫忍不住也仿着丁老师的眉形描了眉,没想到丁老师竟冲着她说:"好的不学,尽学坏的。"小丫心里好困惑也好委屈,就认定自己不讨丁老师好感。

　　上个星期天,丁老师组织了一次郊游活动,小丫本来打算参加,但父亲打工的那家砖窑厂赶班,父亲嘱她去帮工,她就不好推辞,要推辞,父亲会认为她偷懒找借口。再说参加郊游活动属自愿参加,要参加就得让父亲拿钱。

　　事后,听参加郊游的同学说,丁老师领着同学们参观了一家农场果园,农场老板种植了好大规模的酸豆林,眼下正是酸豆成熟收获的季节。酸豆是一种可炼制多种珍贵名药的配料,直接食用也滋补身

体。农场主很爽快,参加郊游的同学都吃上了酸豆。

小丫没吃上酸豆并不后悔,她遗憾的是丁老师在组织郊游后布置了一道题为《酸豆》的作文。

放学回家的路上要经过一个嘈杂的市场,小丫每天总是匆匆走过,心里想着回家帮父亲干些家务活。纵然街边的小摊总是使劲儿喊着"酸豆,酸豆,生鲜上好的酸豆",但她知道父亲打工手头紧,买不起酸豆,就连看也懒得一看。可自从丁老师布置了作文题,她从街上过,总是不由自主地停住脚往小摊贩望去,哟,那绿莹莹的酸豆多诱人呀,听说那要二十多元一斤,一斤也就十颗八颗,一颗也要好几元。

临近交作文的日子,小丫终于缠着父亲嚷:"我……想吃酸豆,同学们……都吃过。"父亲说:"才出来多少日子,就像城里的孩子……嘴馋!"父亲没再理会她的要求,却叹了一口气。

小丫好后悔,她原本就不指望父亲会应允,乡下的母亲还缠病卧床呢。但作文还是要写,还是要依时完成,按时交。丁老师布置作文时,就罗列了写作提纲,要求写出对酸豆的感受,着重写品尝酸豆时的联想。一连数日,小丫的情绪都很低落,渐渐地,她心底里对丁老师有了一种生分的感觉。

直到交作文的前夜,父亲已睡下了,小丫在灯下凭着灵感发挥想象,子夜时分才写完了作文。交作文后的几天里,她觉得丁老师和同学们都以异样的目光盯着她,她像丢了魂,做了什么亏心事。

这天上午,又是作文课,丁老师开始讲解作文时,小丫低着头,不敢看黑板,没想到,丁老师宣布优秀作文名单,她的作文竟赫然在列,刹那间,她还认为丁老师在挖苦她。丁老师还说,她写的《酸豆》角度别致,结构严谨,联想丰富,是一篇难得的优秀作文,还将推荐参加省内小学生作文大奖赛,让她晚自修时间去谈心得体会。按惯例,参加大赛作文要附有写作体会。

面对丁老师,她该怎样说呢?小丫来不及考虑周详就走进了丁老师的家里。

丁老师热情地招呼小丫进屋。小丫刚坐下就看到丁老师客厅茶几的果盘里还盛着几颗诱人的酸豆,她心里不由一阵茫然。

丁老师似乎很好奇:"小丫,你怎么会品尝出酸豆别样的味道,写得那样别致?"

小丫低下头,悄声说:"老师,我……我没吃过酸豆。"好像是说给自己听的。

丁老师一怔,稍一疑虑,从果盘里拿起一颗酸豆递给她。小丫迟疑地接过,抬头盯着老师,丁老师期待地示意她品尝,小丫迅速地削皮,将豆果送进嘴里,抿了抿,她眼眸里浮起亮光,忽然,"哇"地失声哭了。

酸豆一点儿都不酸。

生活中有时需要演戏

○远山

　　元宵节后的一个晚上,寒风凌厉,女儿奈莎却非要拖着我去逛街。

　　走到最热闹的解放路与总府路交叉口,看到一大群人围在一起,奈莎说,妈妈,我们去看看吧。我说,咱不去招惹是非,肯定不是什么好事情。可奈莎不管,径直向人群跑去,我只能跟过去。没办法,她总是很任性。

　　挤进去一看,是一男一女跪在地上,两人都三十多岁的模样,女人怀里抱着一个小孩,男人前面的地上铺着一张白纸,字是用粗号签名笔写的,刚劲有力,语句简单明了:

求　　救

　　我们两口子从江西出来打工,包工头跑了,没拿到工钱,身上仅有的一点钱,坐车时又被偷了,全家三天没吃上一顿饱饭了,没钱买车票也回不了老家,孩子又发烧,也没钱去给她看病,求求好心人,帮帮我们吧。

　　我这里想特别描述一下的是,那一男一女两位大人的神态和外貌。女的席地而坐,垂下的刘海儿遮住了她的半边脸,怀里抱着熟睡的孩子,她一直低着头,脸上面无表情;男的穿着一件棕色皮夹克,式样有些过时,但看上去很干净,人也长得文质彬彬的,眼镜后面似乎藏

着一种忧伤的东西,整个形象可以用儒雅两字来形容。尽管这两人给我的感觉不像是诈骗犯猥琐的样子,但这一幕,到底有多大的可信度呢? 我怀疑。

走吧,奈莎。我拉起奈莎。当然,我在男子前面的纸板上放上了二十元钱,我不管这是不是一幕骗局,如果不是一幕骗局,我一个陌生人,奉献了我的一顿饭钱,也对得起自己的同情心了。如果是一幕骗局,二十元钱也不会影响到我什么。我这样的想法,是不是符合当下大多数人的想法?

可奈莎的情绪明显受到了传染,她挽着我的手臂,闷闷不乐的样子,她叹着气说,妈妈,你看那小孩子真可怜,她会感冒的。我说,这世上可怜的人多了,你能同情得过来? 何况……我不能对她说,那也许是一幕骗局。因为奈莎不会相信,刚才在路上,她刚刚朗读了一首自己写的诗《女儿的冬天》:女儿说 / 冬天非常可爱 / 是一个温暖的季节 / 我们可以在炉火边舞蹈 / …… / 妈妈说 / 这个冬天有点冷 / 女儿说 / 隔壁的春天已经在敲门……

在奈莎的眼里,一年四季可都如春天一样的美丽啊。

妈妈,你昨天跟我说,我可以自由支配自己的压岁钱!

当然,妈妈说话算话。

妈妈,你是说不管我怎么花那些压岁钱,都可以吗?

当然……是。

我犹豫了。我当然听得出奈莎话中的意思了,从家里出来时,她就拿了自己的压岁钱,她说她看中了"杰西伍"牌的一条裙子,很漂亮,想去买回来,我答应了她。

妈妈,你真好。

奈莎踮起脚亲了我一下,转身就往回奔去。围观的人已经散了不少,这样的场景大街上并不少见,碰上了,会有几个人有耐心去倾听去

关心的,何况是在这样一个寒冷的冬夜。

奈莎大红的羽绒服特别醒目,我看着她从口袋里掏出所有的钱,往那个妇女怀里的小孩子身上一塞,那个男人站起来向她鞠躬,奈莎红着脸跑了回来。

我问奈莎:"'杰西伍'的裙子价格多少?"奈莎轻轻地说:"三百,"又轻轻地补充,"那裙子其实也不是很漂亮,反正我也有很多裙子了。"

就是一个举动而已,无非就是小孩子用她纯真的眼睛,来看这个世界,做了一件好事,故事到此也该结束了。

可恰恰相反,事情远没有那么简单。而且就是那么凑巧,傍晚,我到自己家开的酒店结账时,从上万元现金中,一张崭新的百元大钞跳入了我的眼帘,我仔细一看,这张钱的号码是:BT77743361,才开始我还怀疑,这是不是一张假钱,但当我看到上面写着的很小的两个字这么熟悉时,简直傻了,那两个小字是:奈莎。

春节前,为了奖励奈莎考了个好成绩,我特地从银行取了连号的一千元钱,给了她三百元作为奖励和压岁钱,因为连号所以印象深刻,而现在,连号的其中一张又回到了我的手里,以这样的方式,这世界还真奇妙。

奈莎昨夜很兴奋,一个劲儿地对我说,妈妈,三百元可以买好多东西的,可以给那个小弟弟买新衣服、买奶粉、买他们回家的火车票,那个叔叔还站起来向我鞠躬,问我要家里地址呢,说是回家后要寄钱过来还我呢,我可没说。

奈莎的快乐是显而易见的,昨天晚上她路过"杰西伍"门口时,望着橱窗里那条漂亮的裙子,还扮着鬼脸跟它说拜拜呢,奈莎早上还对我说,妈妈,他们今天可以回江西老家了,我查过从宁波到江西的火车票,三百元钱够了。

当奈莎期待着又问我,妈妈,他们一家的情况,现在不知怎么样了?我告诉她,有你的慷慨相助,孩子的病已经看好,他们一家也已坐上了回家的火车。

奈莎听了,一个劲儿地说,真的吗?太好了,太好了。乐得跳了起来。

奈莎是个十三岁的女孩。

小 学 校

○陈武

七坡村本来有一所小学校,因为老师在路上被狼吃掉了,学校也就停办了。

起初听到这个消息,我感到可笑:山里人真愚昧,这方圆几百里的山,还从没听说过有狼。

我起一个大早,翻了两座山头天才亮。我又翻过两座山头,就到黑风口了。从黑风口进去,向左拐,大山就挡在了面前。

进入大山,才感觉到道路的艰难。这一带山高林密,峭壁悬崖,我一直走到下午三点钟,才看到一个斜斜的长坡。一连拐了七个长坡,终于看到七坡村的人家了。看到人家,我就闻到了人间的味道。我松一口气,精神也跟着松下来,一抬头,就看到了他们。

他们,就是七坡村的村民,老老少少有十几个人。他们站在拐弯处的一棵大白果树下,脸上洋溢着温暖的笑。其中,一个身穿军便装的中年人迎上来,跟我握手,说欢迎朱老师。我大着胆子说,你是村主任? 一个老者接过话说,他是村主任,叫陈小贵。陈小贵说,村里穷,留不住老师,我们还以为你不来了。我代表我们村二十六户人家一百一十二口人,向朱老师表示最最热烈的欢迎。陈小贵说完,带头鼓掌。掌声就在大白果树下响了很长一阵子。我从来没见过这么卖力鼓掌

的人，他们的掌声响亮悦耳。我跟他们摇手，我大声喊着，好，好。可我喊好没有用，掌声反而更密集起来。我又求援似的望着陈小贵村主任。只见陈小贵大手一挥，掌声突然就停止了。村民们都围了上来，替我背包，替我拿水壶。有一个孩子拉着我的手说，朱老师，你来了就不走了吗？我说不走了。另一个孩子说，朱老师，我们不想让你被狼吃掉。我说，狼不吃我，我身上没肉。村民们都笑了。村主任又说，我已经挨家通知了学生，让他们明天开学，噢，复学，好吧朱老师？我说，好啊好啊。那两个孩子就哦哦地叫着，往山下跑了。

这时候，我在人群里看到一个姑娘。其实我刚见到他们时，就看到她了。她躲在人群后面，从一位老者的肩上露出一只眼睛。她大约十三岁，或者十四岁，或者十五岁，或者再大一点，或者再小一点，她冲两个疯跑的男孩子喊，小虫，你慢点儿。我问陈小贵，她也是学生？陈小贵说，她叫小桃。像她这样大的学生，你要不要？我说，要啊，只要想念书，都要。陈小贵说，本来她家没有钱念书，她还有个奶奶，瞎了。她这几天磨了我好几回，要让新来的老师上她家搭伙，说她还能向老师问问字。我问，她爸妈呢？陈小贵叹口气，说，在山下打工，干了三季，没落到钱，跟工头要钱，叫人家打死了。我听了，心里揪一下，说，好，我就到她家搭伙。

学校所在的村子是七坡村的一个自然村，叫小陈庄，有十几户人家，小陈庄是七坡村最大一个村，另外还有八九个村子，一般都是两三户人家，最少的只有一户人家。这些村子都分散在以七坡村为中心的方圆十几里的大山沟里。最远的学生上学要走二十里山路，天没亮就得出门。这是村里的情况。村里还有许多情况，我就不介绍了。还是先讲一讲我们学校吧。我们学校在村头，是一排石墙草顶的房子，一共三间，两间用作上课，一间是学生宿舍，有一个小门连着学生宿舍和教室。一年级到四年级的学生都在这里上课。学生还没有来，我不知

道一年级有几个学生,二年级有几个学生,三年级有几个学生,四年级有几个学生。五、六年级的学生,到更远的一所完小上学。学校前面有一片空地,就是操场了。操场边上有两间小草房,这就是教师宿舍,现在是我的宿舍。宿舍前面有一棵桃树,一棵李子树,一棵柿树;还有一棵,可能是白果树,也可能不是白果树,我没认出来。

我在学校前后转了一圈,又转了一圈。一共转了四圈。我查看了操场,查看了厕所,查看了属于学校的树和一小片菜园。我还看了看周围我能望得见的几户人家,我甚至还特意猜一下哪一家是小桃的家,然后,我在宿舍里坐下来。在我前后转圈的时候,我看到有两三个老人,还有几个孩子,隔着稍远的地方,站在高处向我张望。有一个小孩,甚至还爬到树上看我。现在是黄昏时分,远山上有一些金色的东西在跳跃,天空是砖红色的,村上有鸡鸣,有狗叫,还有大人喊孩子的声音。这些声音零零碎碎的,好像很遥远,又好像很亲近。我意识到,我在七坡村的第一个白天就要结束了,我就要迎来我在七坡村的第一个夜晚了。

晚上,我在小桃家吃饭。小桃就在一边看我。她不停地要给我盛汤,给我盛饭,还让我多吃菜。我吃饱放下碗时,小桃期待地望着我,说朱老师你也会被狼吃掉吗?以前来的老师都被狼吃掉了,我不想你也被狼吃掉。

我想告诉小桃,这里没有狼,这里的"狼"就是艰苦和穷困,但我没有说。我说,有你们这些好学生,狼就不敢来吃我了。

小桃笑了。

在灶台前烧火的瞎眼奶奶,也笑了。

我的心却酸酸的。

马然的理想

○田洪波

马然是我们班的数学科代表,脑瓜精灵。他除了能把一堆枯燥的数字算得滚瓜烂熟外,还会画一手非常棒的素描,特别是人物素描。谈起未来的理想时,他曾意气风发地说,数学家,没什么意思,我要画遍全中国!

连环画册可能是他最初的美术启蒙,也不知从何时起,他积攒了许多连环画。他画日本鬼子活灵活现,惟妙惟肖,每次给我们看时他都会坏坏地笑一声,八格牙路,看我画得像不像那个浑蛋?

抗战的故事总是成为我们经常聊的话题,自然我们对他佩服得五体投地,他的那些宝贝连环画,他也常常借给我们翻阅,只是每次,他都会很小心地收回。如果破损了其中的一两页,他会立马翻脸不认人,说,敢情这小人书不是你家的是不是?你不心疼人家还心疼呢!

我们谁都不愿得罪他,不仅是怕没有小人书看,更主要的是担心问他数学题时遭白眼。

那会儿我们住前后院,都是一溜红砖白顶的平房。

最愉快的时光自然是放学后,我们分头写完了作业,就都会聚拢到马然的家里,问数学题的问数学题,看小人书的看小人书。如果马然在班上和谁闹别扭了,他会咬牙切齿地把对方画成日本军官的形

象,然后问我们像不像,就会惹出一片会意的笑声。那会儿的马然就会极得意,八格牙路,敢欺负老子没有科长爸爸?

每次看到书店里有新的小人书卖,马然的眼光就会直直的,就会久久地流连在柜台前,直到遭到售货员的白眼。曾经有一段时期,他迷上了十二本套装的《抗日烽火》,几乎每天都要拉我们去看看,那贪婪的神情常惹得我们哄笑成一团。我们打听到那套小人书的价格是近三元钱,笑马然说,够你们家吃上几顿猪肉了。马然恶狠狠地白一眼我们,说,不吃猪肉人也一样活!

那套小人书成了马然的心事。他上课或做作业时经常走神,有时会突然问我们,那套书其实不算贵是吧?

马然之所以是马然,就在于他总是能够别出心裁,成为我们小伙伴中的焦点。记得那是一个夏夜,吃过晚饭,我正听《小喇叭》广播,突然从马然家传来他的哭号声。那哭声显得凄厉,吸引着我和几个同伴飞奔向马然家看个究竟。但见马然抱头躺在院子里,他的父亲正准备用脚去踹他,他的母亲则奋力拉扯着。邻居也有赶到劝架的。大伙儿七拽八扯,让马然躲过了父亲进一步的暴打。

在他父亲气愤的述说中,我们听明白了事情的原委。这个月,轮到马然家收取居民区每户电费,而他这个班上的数学科代表居然算错了账,少收了三元钱。

借着灯光,我们发现马然的半边脸都肿了。看来在我们到他家之前,他与父亲已经有过一番激烈的对质,显然马然不承认自己会算错。我当时心里怦然一动,心想那不会是马然故意的吧,那三元钱可正够他买那套小人书啊!

虽然灯光很朦胧,但我还是看到了马然扫向我的一眼。那一眼有一丝悲哀,也有一丝凛然,几次将我要说出的话堵了回来。因为那边,他的父亲已经坐在地上号啕了。

小兔崽子,三元钱顶我一周工作日的工资了呀! 他父亲越哭越伤心,邻居劝了很长时间才让他止住。

我见他父亲被邻居从地上拉起来时,马然的嘴角掠过一丝怪笑,把手下意识地放在了自己的半边脸上。

马然请了三天事假,第四天的课后,当他把那套小人书展示给我们看时,我们都睁大了惊奇的眼睛。马然却轻轻地得意地晃晃头,谁想看谁得打借条! 把我们说得鸡啄米一样地点头。

马然后来并没有成为画家,当然,他出类拔萃的数学成绩也没给他带来什么生活转机。只知道参加工作后,他曾悠闲自在了一些年头。后来,他所在的工厂开始不景气,没多久他就下岗了。他摆起了地摊,专门经营小人书等一类旧书。据说他算账从不糊涂,时常让与他打交道的人佩服得五体投地。

贵　人

〇白文岭

　　那天下午,飘着很大的雪。庭院,房顶,田野,白茫茫一片。我踩着小凳,趴在窗台上,看雪。有人敲响院门的时候,我正踩着小凳,趴在窗台上,看草棚里觅食的一群麻雀。

　　爸爸在外地工作,妈妈被邻村人请去接生了,家里只有我一个人。妈妈临走时,一再嘱咐我看好家,要有陌生人敲门,千万不要开——坏人很多。

　　听到敲门声,我忙从小凳上跳下来,跑到院门的后面,好奇地对着门缝,向外瞧看。我家住在村子最东头的路北,院门正对着大街。一个五十多岁的中年人,满身是血地躺在门外。那中年人戴着的眼镜,只剩下大半个镜片。他显然发现了门后有人,抬头望着我说,小姑娘,能让我进去,暖和一会儿吗?

　　你是个特务吧?我这么想着,就顺嘴说了出来。很多小英雄的故事,在我脑海里闪现出来。假如他掏出一把糖来给我,我肯定会用力摔在地上,"呸"一口说,谁吃你的臭糖!这是糖衣裹着的炮弹!

　　我像特务吗?他微笑着说,你们不是常说,热爱党、热爱祖国吗?我就是共产党,是被特务打成这个样子的。

　　想想电影里宁死不屈的党员,还真是这个样子。我就相信了他的

话。妈妈也经常说，别人遇到困难，一定要伸手帮助。更何况，他是一个受了伤的共产党员。

可是，我搬不动你。我打开院门说。

谢谢你，小姑娘。他这么说着，已吃力地爬动起来。或许是受伤太重了，每爬动一下，都疼得龇牙咧嘴好半天。厚厚的积雪，在他的身子底下，发出轻微的脆响。爬过的地方，留下一路血污，又很快被厚厚的落雪覆盖。

等他终于爬进屋里，妈妈回来了。我跑过去，扑进她的怀里，向她讲述了刚才的一切。妈妈抚摸着我的小脑袋，夸奖说，宝贝，你做得对。快去厨房，抱些干柴，给爷爷取暖。

妈妈快步走进屋，将爷爷扶起来，老校长，你咋成了这样？

爷爷苦笑了一下，今天上午，西村开我的批斗会。会场里摆着一条长凳，凳上放两块砖。他们让我跪在砖上。我没有办法，只能跪上去。他们一脚将长凳踢倒，我就摔了下来。摔下来，扶上去，再狠劲踢倒……我的两条腿，被生生摔折了。逃到你们村，我敲了很多家的门。他们看见我，像见了瘟神，都不敢开。这是你的女儿吧？她救了我。

点燃一堆干柴后，屋里渐渐暖和起来。妈妈说，您饿了吧？我做饭去。爷爷感激地微笑着，并没有阻拦。

妈妈做饭，我烧锅。妈妈告诉我说，这个爷爷姓李，原本是城里的大干部，因为一些言论，抵触了大好形势，被打成了右派，下放到西村当老师，后来又升成校长。

我问妈妈，哪些言论抵触了形势？

妈妈笑了，给你说了，你也不懂。有一天，省报的头条，有一则报道，说某个地方小麦单产过了十万斤。你爷爷不信，说把十万斤麦粒堆起来，比麦秸还高，有可能吗？妈妈一再嘱咐我，爷爷住在咱家的事儿，对谁也不能说，要保密。

我点点头,妈,我对谁也不说。

爷爷这一住,就是三个多月,直到春节前夕,才拄着木棍,一瘸一拐地离开。这期间,我听爷爷讲了许多有趣的故事和做人的道理。到后来,我们比亲爷俩还亲密。他走时,我大哭了一场。

一晃多年,我已是个高中生,对爷爷的记忆,也渐渐淡去。突然有一天,爷爷坐着小轿车,来到俺家。带了许多好吃的食品,许多学习资料。随同他过来的司机告诉我们说,爷爷平反了,现在是教育局的一把手。

接到大学通知书那天,我和妈妈接受邀请,去爷爷家做客。这时的爷爷,已升成副县长,分管文教卫生。

不久,妈妈被调到公社卫生院工作,拿工资,吃商品粮。

很多人都羡慕,说我们自从遇见贵人,逢凶化吉,遇难成祥,好事连连。也有遗憾的,他们说,当时,如果不是怕受牵连,哪能轮到你家遇见贵人呢? 妈妈听了,什么也不说,只是笑。

爷爷退休后,得了脑血栓,瘫痪在床上。他的儿女都在大城市工作,无暇尽孝。妈妈毅然停薪留职,全心全意去照顾爷爷。在妈妈的精心照料下,爷爷又活了十一年零五个月。弥留之际的爷爷,已高度昏迷,却一手拉着我,一手拉着妈妈,反反复复地念叨着两个字,贵人。

熟　悉

○饶建中

　　林深因擅长小小说创作闻名全国而被挖到省城某大学中文系任写作课教授。

　　大学住房紧,妻子又无法调动,林深被安排在筒子楼中暂住。

　　这一栋筒子楼是单身汉、单身女、独身主义者、即将要结婚或即将要离婚者的聚集地。每一间小屋都有一个精彩的故事。

　　林深被分到一间不到十五平方米的小房,房与房之间都可以看到隔壁人家的过道及窗口。

　　大学只提倡教研不提倡坐班,老师除了每周定期来系里开一个只有个把钟头的例会外,上完课就可以自处了。系与系之间也没多少联系,老师之间相互不怎么认识,即使是一个系的老师,也只是在系里开例会时偶尔碰下面,寒暄几句。

　　于是,林深在筒子楼住了一年也没弄清周围住着什么人,只是连估带猜。听到哪间房发出"鬼哭狼嚎"的声音就估摸住着音乐系的,路过门口看到房内支着画架肯定是美术系的,而穿着运动服进进出出跑动的无疑是体育系的。

　　林深过着一种深居简出的日子。

　　有天,都市晚报社慕名找到他,说为了提高报纸质量,特请他在晚

报上开辟《林深小小说》专栏,每周定期发一篇小小说新作,并配合新作同时开设《阅读与欣赏》栏目,配有署名"佳薇"的评论文章。

佳薇每篇评论的篇幅当然不会超过林深的小小说,但篇篇言简意赅,分析透彻,很让林深佩服。

林深很希望有机会同"佳薇"谋面。

不久,林深在房间过道上发现,隔壁窗口经常亮着一盏不灭的台灯,一位五十多岁的女教师伏案疾书。

林深不像其他作家喜欢挑灯夜战,他习惯上午看报,下午创作,晚上只看电视、睡觉,从不写一个字。晚上他睡了一觉上卫生间时,那盏台灯仍然亮着。这么大年纪是写教案还是写书呢?林深为女教师的敬业精神感动。

后来,林深发现那盏台灯亮得蛮有规律,每当自己创作完一篇小小说送到报社后,晚上那盏台灯就开始亮着。

再后来,林深发现住在隔壁的这位女教师原来是自己同一个系里的曾教授。

尽管老师之间都不相互串门,可他还是很想去拜访她,就一次吧,既是敬畏也是一种神秘感的驱使。

林深终于敲开了隔壁房间的门。

曾教授惊讶有来访者,礼节性地把林深请进了房间。房子结构、大小都同林深的一模一样。没有多余的凳子,林深干脆坐在了曾教授让出的平时伏案写作的椅子上。

倏地,林深发现桌上放着自己刚送到晚报的小小说《熟悉》,旁边一篇还没完稿的评论文章《熟悉中的不熟悉》,署名恰恰是"佳薇"。

"你就是佳薇?"林深惊奇道。

"是啊!你……"

"我就是你每次评点的小小说的作者林深。"林深兴奋了。

"哦,这么巧啊！你的小小说写得很有质量,报社约我为你的每篇新作做点评,我是在向你学习!"曾教授也兴奋起来。

他俩谈起小小说来一见如故。

后来,系里每周开会结束后,林深和曾教授就坐到一起谈起小小说。最后,他们索性轮流到对方房间聊,不仅谈小小说,还谈人生、工作和事业。渐渐地,他俩成了一对无所不谈的好朋友。

忽然有一天,林深觉得小小说很难写下去了,因为曾教授太熟悉自己了,"佳薇"的点评一篇比一篇具体而尖锐,弄得林深犹如一丝不挂地展现在读者面前;曾教授也感到自己的评论没有过去那么潇洒自如,林深就生活在她身边,她太熟悉了,熟悉了反而觉得不那么"熟悉"了,她完全没有对"林深"的感觉了。

一天,林深和曾教授不约而同来到报社,报社不得不应他俩的强烈要求同时撤掉了他们开设的《林深小小说》和《阅读与欣赏》两个专栏。

魔法鹅卵石

○武鸣

　　"为什么我们总要背诵这些无聊的句子,斯考特先生?"这是我任教多年来学生们提得最多的一个问题。

　　作为老师我一直认为,不但要教给学生知识,还要教他们如何做人。我每次上课,都让他们背诵一两句人生箴言。为了让他们明白我的良苦用心,每当学生抱怨时,我都会向他们讲述下面这个传说。

　　一天傍晚,一队牧民正准备休息的时候,一团亮光包围了他们。他们知道一定是天神要赐福给他们。他们听到一个声音说:尽你们的所能,收集最多的鹅卵石,然后把它们放进你们的鞍袋,旅行一天。明天夜晚,你们会很快乐也会很忧愁。牧民们都感到失望和不满,他们原以为万能的天神会赐给他们财富、健康,并帮他们心想事成,然而天神却安排他们做一件枯燥无聊的事。第二天清晨,牧民们起程了。虽然心情沮丧,但他们却不想违背天神的指示,于是每个人都从地上或多或少地捡起了几块鹅卵石,漫不经心地扔进鞍袋里。

　　一天的旅行结束了,晚上安营扎寨的时候,牧民们纷纷把手伸进自己的鞍袋中,他们吃惊地发现,手中的每一块鹅卵石都已经变成了晶莹璀璨的钻石,他们因拥有了钻石而欣喜若狂!然而很快,他们悲伤极了,因为他们认为自己该捡起更多的鹅卵石。

其实那些人生箴言又何尝不是钻石呢？我初为人师时，教过一个名叫艾伦的学生，他的经历完全印证了这个神奇的传说。艾伦读八年级时，还是个"麻烦生"。他欺负比他小的同学，还在课堂上捣乱，让老师烦透了。那时，我每天都要求学生们背诵一句思想家的经典语录。一学年下来，我的学生们每人差不多能记住一百五十句至理名言了。

诵读名言已成每日必修课。对此，没有人比艾伦的抱怨更多了。终于有一天，他被逐出校门，我与他失去了联系。五年后的一天，他突然打来电话，告诉我，他已经从少年管教所出来了，现在就读于邻近的一所大学。他说，自从那一天他因为搞恶作剧被校方送到了少年管教所、又被送往加利福尼亚州少年管教局以后，他对自己彻底绝望了，以致拿剃胡刀割破了腕动脉。他说：你知道后来发生了什么吗，斯考特先生？我躺着，我的生命正在一点点逃离我的躯体，这时我突然记起一天你罚我抄写了二十遍的那个枯燥乏味的句子——"人生没有失败，除非你永远不再尝试"。我一下子被触动了，只要我活着，我不会永远失败，假如我让自己死去，我就是个彻底的失败者。这句话给了我力量，我开始挣扎呼救。"我要重新生活。"当你听到一句至理名言的时候，它是一块鹅卵石。

当你处在人生危急关头需要引导的时候，这块鹅卵石就会立刻变成一颗发光的钻石，照亮你的路程。收集所有你能够找到的鹅卵石吧，把它们一块块捡起，装入你的心灵，明天，你会拥有一个充满了钻石的未来。

我 想 上 学

○秦小卓

　　她的出身,说出来也不必唏嘘,就是生下来之后被父母视为累赘,
当即丢进垃圾堆的那种小孩,相当于家主扔掉的一只小猫小狗,或者
连小猫小狗也不如,干脆就是一条毛毛虫。想想看,她的生存风险有
多大。

　　祸兮福所倚,她被拯救了。救她的是一位老奶奶。这位老奶奶一
大早上起来,发现垃圾箱里有个东西在蠕动,啊,她就一丝不挂地在那
里奋力、猛烈地蠕动,力图引起全世界人关注她的存在。她不能心甘
情愿地就这么被淹没了,她体质那么棒,富有生机,她要活下去,一定
要活下去。

　　一个生灵的求生欲望完全可以感染和吸引善良人们的注意力。
老奶奶情不自禁地解开纽扣,将她焐在怀里。她荣幸地成为这个家的
家庭成员。她乖极了,从来不哭。在垃圾堆里就可以忍住不哭,何况
在这么温暖的家,拥有老奶奶的疼爱。

　　可老奶奶是穷人,能给她的除了温饱,也只有疼爱。疼爱多好呀,
她无忧无虑地长到三岁。三岁该上幼儿园了,她上不了。她想等她长
大一点,有力气挣钱了,再上幼儿园。于是,她每天都在希望中长大,
长大了好上幼儿园。

长到六岁时她才发现，幼儿园是不能再上了，因为与她一块长大的孩子都上了小学。她开始学会思考，如果上不了小学，中学也上不了。她有点发慌。这该怎么办呢？老奶奶更老了。想来想去，唯一的办法还是——长大。只有长大了，才能挣钱养老奶奶，才有可能上学。

盼啊盼啊，她长到了八岁，以为可以挣钱了，板材厂招工，她去报名，老板说，我们不收小孩，那样做犯法。请求再三，人家也不收她。

她便去小饭店刷盘子，也是偷偷摸摸地干。老板也说这叫犯法，要是被发现了，后果不堪设想。不过，你要是听话，我会对别人说你是我女儿，你就可以在这儿继续干下去。

她果然十分听话，老板要她做什么就做什么。不做什么的时候，她就找老板家的书来看，当然一开始是看不懂的，可是她有一个办法，看不懂的就问，问老板的女儿，问老板，问老板娘，问一切来来往往的人。老板的女儿比她大几岁，上六年级，胡乱地扔许多书，有课本，有看图识字的画书，还有其他许许多多的书。

她越是看书就越想上学，都快十岁了，再不上，小学都来不及上了。有一天，她鼓足勇气对老板说，我想上学。她这是第一次对一个人说出心愿，以前从来没有说过。她知道她的勇气来自书本，肯定是来自书本。

老板想了想，说，想上学是件好事，我这个饭店太小了，供不起你上学，要不，你白天上学，晚上回来干活儿吧。她巴不得老板说这句话。于是，她成了成长小学三年级的学生，她是可以跳两级的，她有这个把握。过了一年，她又跳了两级，到了十二岁的时候，她与别的孩子一样，从小学毕业了，奇迹般地成了一名初中生。

老奶奶更老了，老得连拄着拐杖也走不动了。既然老奶奶不能将她扔下不管，她也不能扔下老奶奶不管。为了照顾老奶奶和这个家，尽快找到工作，初中毕业后，她选择上卫校。她还在小饭店继续干，再

不用偷偷摸摸地干,这时候她已长成一个美丽少女。

卫校毕业后,她顺利成了本城医院的一名护士。都知道护士挺辛苦的,从早晨到晚上不停地从这一间病房跑到另一间病房,同伴摸着酸麻的脚踝喊累呀累呀,快累死啦,她却躲到一边推敲人体穴位去了。

一个明媚的午后,她充满自信地走进院长办公室,说,我想上学。

老奶奶过世前一个月,她接到一家医学院通知书,正式成为一名大学生。在老奶奶有生之年,她终于向亲人交了一份关于蓬勃生命及其存在的合格答卷。世界上的报答有许多种,没有比生命不息、奋斗不止更让人欣慰的事情了。

后来,她又说过几次,我想上学。再后来,她当上医院院长。她要出国了,秘书为她填写政审表,家庭成员一栏请她补充。她写道:祖母,职业:拾荒者;父母,职业:小饭店老板。

一包红稗子

○马卫

我从师专毕业后，一直在教初中。教过的学生有两千多，因此每年教师节总有学生来看望我，或寄点礼物表达一下他们的心意。

想不到，今年教师节，我却收到一个大大的包裹，上面没留邮寄者的姓名和地址，从邮戳上判断，它来自新疆。打开包裹，一下让我目瞪口呆：里面是一包稗子。在农村生活过的人都知道，稗子是种讨厌的植物，它在田里，生长得比谷子快得多，如果不除掉它，必然会抢占谷子的营养，抢去谷子的阳光和水分，因此农民不得不"薅秧"，其实就是除掉稗子。

那一瞬，我血上涌，心口堵。想不到辛辛苦苦二十多年，居然得到的是这样的回报。于是我在网上发布消息，一定要查出这个人来。

网上的消息很快返回来，通过我的学生们查证，在新疆只有一个学生，他叫吴海浪，是八七级的。那时，我刚刚从师专毕业，分在凉水中学教初一的语文，他就是那届的学生。我记起来了，三角眼，尖脑壳，细麻腰，一看就是鬼精灵。可他读书不专心，全用在歪点子上。比如给同学的书包中装只癞蛤蟆，在女生寝室前放蛇皮等，反正调皮至极。我在课堂上讲，同学们，不要做稗子，要做谷子。当然大家明白我指的稗子是谁，都拿眼睛朝吴海浪看，这个从来没有红过脸的孩子，终

于低下了头。

二十多年了,关于稗子的记忆早忘了,想不到今天收到了一包稗子。

一定是他寄的,因为只有他在新疆。

我再把那个包裹拿出来左看右看,还是不得要领。最后干脆倒出稗子,秘密出现了。里面还有一封信,信封上写着:马卫老师收。下面落款是:学生吴海浪。我急忙打开信,读后潸然泪下:

"马老师,我十分感谢您,您当年用稗子喻我,让我幡然醒悟。当兵后,我考上了军校,成了军医。马老师,真的感谢您。不久前,我从一个同学那儿得知,您的喉咙得了病,哑了声。我查了好多书,才从《医类汇编》中查到,在我们新疆有种红稗子,泡酒喝,治失声很有功效。我特意寄来一包,您试试。有效的话,我以后再给您寄。"

一包红稗子,让我重新认识了生活。

为老师买盐

○李立泰

作为报社的特邀记者,我有幸参加了地区行政公署在教师节召开的"模范教师表彰大会"。

一个熟悉的身影走向领奖台。尽管头发花白,眼窝深陷,双目却是炯炯有神。那是我小学时的许老师,她老了,背有些驼。

我上小学三年级的时候,许老师是班主任,教语文。二十四五岁的年纪。她勤劳,善良,温柔,像母亲一样待我们。她人缘好,教学棒,庄上老的少的没有不夸她的。

她的家就在学校里。那时的小学是村上的大庙。正殿拆了,东西厢房是教室。校门口东边盖几间房子是伙房。许老师和她母亲及小女儿住一间靠大门的。母亲给她看孩子,三口人就指望她三十几元的工资,生活够拮据的。我去送同学们的作业,常碰上她吃饭。许老师把净米净面的干粮省给母亲和小女儿,自己吃掺菜的,吃得很香甜。

一天早晨放学,许老师喊我:立泰,来,给我捎斤盐来。她给我两毛钱、一个小布书包。"剩下钱,你买个本子。"她交代说。

出学校拐弯到供销社,我踮起脚看售货员称盐,不认秤还怕少给了。老师不容易,日子够困难的。我没买本子,要了三盒火柴,一蹦三跳地出了供销社,往家飞奔。书包在手里甩起来,一斤盐越看越不起

眼。怕真是不够斤两吧。我思忖着。

来到家，趁娘去厨房盛饭，我迅速地从盐罐子里捧了两捧盐，添到书包里，一提，总算满意了。娘进屋时我没事人一样坐在那里，放心地吃了早饭。告诉娘，这是给许老师捎的盐、火柴。

来到学校，我把盐和火柴给了许老师便去上课。

"你这孩子，叫你买个本子哩，你给我买了火柴，真是！"

中午放学，许老师又喊住我，我心里一惊：莫非……忐忑不安地来到她屋里。

"立泰，买盐时你添钱了？"

"没有。"

"噢——"许老师略一沉思，"那是人家多给了，这些退回去。"

"没多给，我看着人家称的。"

"多，我一接，就觉得沉。一称，多半斤多哩。"

"才半斤啊！就那点儿，算了吧。"

"老师怎么教你做人的？去，听话。"许老师板着脸。

我提着那两捧盐，悻悻地回到家。我不敢让娘看见，把盐藏在书包里。

把盐放回原处同样是"地下活动"，可惜这次被娘在窗外发现了。娘二话没说，进屋"啪"的一巴掌打在我身上，气得哆哆嗦嗦的："你这个没出息的，老师的盐还往家拿，给我送回去！"

我的眼泪哗哗地淌下来，我对母亲说了实话。

这么多年啦，想起来心里就久久不能平静……

大会结束了。我急忙走到许老师面前："许老师，您还认识我吗？"

许老师愣了一下。

"李立泰，三年级的班长，您忘了？"

"噢。对,对。是立泰,长这么高个子。"我笑了。

"当上爸爸了吧?"我点点头,说是的。

我望着许老师那刻满皱纹的脸,眼里涌出了泪:"许老师,您像俺娘一样老了,可还挺壮实的。"

"不行了。立泰,世界是你们的啦。"

桥　　墩

○万芊

　　夏天的南菱港是我们陈墩镇大孩子们的天堂。

　　南菱港水面宽,水深又特别清。在南菱港里游泳,没有牵牵扯扯磕磕绊绊的,从桥墩上一跃而下,尽可以游个爽快淋漓。只是,这么宽的河港,这么深的水,没有一点好水性、没有一点胆气的孩子是不敢到这里来游泳的。

　　在所有到南菱港游泳的大孩子中,水性最好、胆气最大、身体最壮实的要数大双。大双是我们班上冯小双龙凤双胞胎的哥哥。大双的年龄跟我们几个初中生差不多,只是大双小学毕业后没有再念初中。他家孩子多,他爹供不起,就早早地让他在自家的白铁铺里学做白铁匠。白铁铺的生意不是太好,每天下午三点以后,他爹就让他出来游泳玩了。

　　大家都知道大双有两个绝技,一个是能够从二层楼那么高的桥面上一跃而下,再就是能够在水底扎一个很久很久的猛子。

　　镇上的大人们也都知道大双的水性好,只要自己的孩子出去游泳时说跟大双在一起也都放宽了心。大双呢,每回出来游泳,总忘不了照应别人。就说上桥墩吧,没有他相助,好些孩子很难上去。

　　桥墩是南菱港大桥的桥墩。南菱港大桥是座很大的桥,桥面长,

桥身高,桥墩高大,桥墩边的水又深又急。孩子都喜欢像鸬鹚一样一个个蹲在桥墩上,歇够了再相继一个个跃入水中。有的大孩子觉得在下面的桥墩上跳水不过瘾,便像猴子一样顺着桥墩从一个个框架上爬上去,到了尽可能高的框架上再一个鲤鱼打挺翻身而下,那轻松入水的感觉真的很惬意。只是桥墩高大,离水面总有那么高的一段距离。大双人大,又壮实,只需在水里朝上一跃,一手攀住桥墩的边缘,一用力,便可跃上桥墩。只是其他的孩子没有大双这么壮实,攀桥墩就很吃力,即使攀住了桥墩,仍然没有力气跃上去。大双往往在大伙迟疑的时候,坐在桥墩上悠然地伸出一条腿,在水里的孩子们只消抱住他的腿,上下一用力,便可以爬上桥墩。这个时候,水里的孩子们总觉得坐在桥墩上的大双,壮实得像一座桥墩似的。于是,有人给大双起了个"桥墩"的绰号。只是这"桥墩"有一个小秘密让孩子们不舒服,就是大双的腿像树皮一样毛糙,还有一腿茸茸的毛,抱上去,心里痒痒的,不好受。抱了几回,大家都感到大双力大无比,有人才抱住大双的腿,大双便用脚板勾住他的小屁股,一用力,像拔萝卜一样,就把他从水里拔出来了。所有的孩子轮番跳水,轮番上桥墩,大双坐在桥墩边,俨然成了大伙们上桥墩的梯子。

有大双在,夏天的南菱港,孩子们更快活。

其实,大双跟我们在一起念小学时,功课很差,人高马大的他总像低人一截,很少跟我们说话。我们升上去读初中了,他没有,遇上也没有话说。他平时很少跟我们在一起玩,只有夏天游泳的时候。

读小学时,大双有个理想,就是当游泳池里的救生员。他曾悄悄地问过我,城里游泳池里的救生员是干啥的?他知道我是从城里转学过来的,估计我知道。其实我也不大知道,在城里时,我还不会游泳,我很随便地应付他,说也许是水里救人的吧。听说是水里救人的,大双似乎来了精神。我这才记得,大双曾经在水里救起过几个人,有老

太,也有小孩,更有一起游泳时脚抽筋的孩子。学校里曾经表扬过他。

听人说救生员要能够从老高的地方一下子跳进水里,大双就在所有人的注目下,爬上南菱港桥高高的桥面,一下子跃入水里。有人说,救生员要能够在河底待很长的时间,大双就让大伙瞧着,从南菱港岸的这边一个猛子钻到了河港的那边。陈墩镇没有游泳池,大双没有当成救生员。

到了我们读初二的那年冬天,下了雪,听说大双跟他爹去乡下送货时,车子翻了,大双的一条腿被压烂锯掉了,但谁也没有看见,谁也不敢瞎传。

到了我们初中毕业的那年夏天,我在南菱港游泳时见到了他。当时我正迟疑着想爬上高高的桥墩时,突然有一根拐杖伸下来,我只抓住了拐杖,就好像被上面的人一用力给提了上来,一看,竟然是大双,他果真一条腿没了。我吃了一惊。没有了一条腿的大双,仍坐在桥墩上拉着孩子们,人愈发壮实。

有的时候,大双也下水游泳,从桥墩上一跃而下,追游远的队伍,在水里,少了一条腿的大双,不差劲,常常在追赶中游到了队伍的最前面。

后来,教我们体育的汤老师听说了,自己找门路贴钱送大双到城里参加了一段时间的培训,结果他在全省和全国的残疾人游泳比赛中得了好几个冠军。

前些时候,我带孩子回陈墩镇,去镇上新开的天然游泳场游泳,竟然看见了大双。一条腿的他,脖子上挂着哨子,晒得乌黑发亮,高高地坐在救生员的望椅上,全神贯注地注视着不远处的深水区,真的像一座壮实的桥墩。

一件呢大衣

○万芊

在陈墩镇上,谁都知道,镇中学教物理很有名气的柳老师原先是有妻子的。柳老师的妻子很年轻,是他早先教过的学生。只是后来柳老师托自己一个非常信任的学生给妻子在刚开发的深圳找到了一个很好的工作,谋得了一个很好的发展前途。妻子在深圳站住了脚,也为柳老师找好了一个谋生立足的好去处,专门回了一趟陈墩镇,央他辞了职一起去深圳。柳老师不愿放弃自己钟爱的事业,自然不肯辞职。妻子无奈,含泪跟他喝了协议酒,离他而去。

妻子走后,柳老师一直独自一人生活着,有点孤单,尤其是逢年过节的,一直是一个人在校园里转悠,形影孤单。唯一给柳老师安慰的,便是一批批从他这里毕业后走上社会的学生。好些学生知道柳老师的孤单,常常牵挂着他。

有个学生专门把自己的表姐介绍给了他。学生的表姐姓周,以前中专毕业后分配在北方工作,一直没有找到合适对象。通了一段时间的书信,恰逢寒假,学生便安排自己的表姐来陈墩镇,想让表姐跟柳老师相处一段时间,更好地沟通一下。

学校里知道了这事,也挺支持的,专门在教工宿舍区给柳老师相的对象腾出了一间空房,让她住了下来。

为此,柳老师讨教了一些老师。其他老师跟他说,对象过来后,你得主动表示表示。表示啥呢,柳老师心里没数。柳老师是个实在的人,小周过来的头一天,就跟小周说,我要买样东西给你表示一下我的心意,你看送你啥好?小周说,我啥都不缺,你不用破费了。柳老师说,这是其他老师说的,第一次见面总得表示一下心意。小周说,你实在要送,那就来点实惠的,北方冷,我原本想在南方买件呢大衣,听说南方的呢大衣比北方的款式好。柳老师说,这好办,我有一个学生在这陈墩镇上做呢大衣是出了名的。他做呢大衣的手艺是专门到上海拜人家有名气的师傅学的。镇上好多人都请他做,生意特别忙。

小周说,他这么忙,能不能在我走前拿到呢?

柳老师说,让他赶赶,估计是没问题的。其实,这做裁缝的学生,还是柳老师从高一一直带到高三毕业的。这学生原本家里条件差,学杂费一直不能按时交上,常常是柳老师不声不响地帮他交了。后来,这学生毕业后一直没有工作,想去上海学手艺又没有钱。结果,那去上海学裁缝的盘缠还是柳老师给的。这个学生人前人后一直把柳老师称作自己的恩师。

柳老师和小周专门去了一趟县城,买了一块黑色的呢料,送到裁缝学生的店里。学生的生意很忙,衣料堆得小山一样。裁缝学生一边给小周量尺寸一边跟柳老师说,我一定在阿姨走之前赶出来。

小周在教工宿舍一住十来天。与柳老师相处了这么多天,小周觉得柳老师虽说有些呆板固执,但为人还是很实在的。

一晃十几天过去,小周也准备动身回北方了。临走的前一天,柳老师陪小周去裁缝学生那里取新做的呢大衣。那学生果然说到做到,把小周的呢大衣赶了出来。小周当场试了试,款式和做工还是挺满意的,便取了回来。

到了晚上,小周捧着新做的大衣过来,跟柳老师说,新大衣的呢料好像是换过了,颜色和粗细跟他们当时买的料稍微有些不同。

柳老师一听,非常恼火,脸一板说,不可能,绝对不可能的!

小周听他这么一说,心里觉得不是滋味,便说,我对当时买的呢料印象很深。

柳老师说,绝对不可能的,这个学生信誉非常好的,你这样说他,若是被人家传出去,说他连自己的老师也换呢料,以后他还怎么做生意呢?!这个学生是我教出来的,我知道,我不相信他会做出如此下作的事情!

小周听了,自然很不舒服,凭女人细微的敏感,她可以非常肯定这呢料是被换过了。本来她想说过以后就息事宁人,但万万没想到柳老师跟她较起了劲,心里觉得很委屈。便说,照你的意思,是我冤枉了你的学生?!

柳老师斩钉截铁地说,就是嘛,你要是对我送的大衣不满意,可以直接说我,骂我也可以。你绝对不可以兜着圈子来损我的学生,这事关一个人的名声、信誉、为人之道。你损了他,你会害死他的!

小周终于止不住委屈哭了,哭得很伤心,她没有想到就为了这么一件小小的呢大衣,他会这么绝情地待她。更可气的是,小周哭的时候,柳老师不仅没有安慰她几句,反而火上浇油,说,你哭也没有用,这是原则问题,其他无关原则的问题我可以迁就你,但这是关系到人家小青年事业前途的原则问题,我是坚决不会让步的。

柳老师的话居然讲得这么绝,小周也就不想再跟他争辩,越想越委屈,当即返身回宿舍,整理了自己的行李不辞而别。

柳老师的那位牵线的学生知道后,两面做了好多工作,最终没有能挽回这个僵局。

过了一段时间,做裁缝的学生突然找上门来,跟柳老师道歉,说,

柳老师,我是过来赔罪的,我忙昏了头,把您的呢料子跟别人的搞错了。

柳老师听了学生的话,眼睛睁得铜铃一般,不无疑惑地连说,怎么可能呢,你不要瞎说! 怎么可能呢,你不要瞎说呀!

最高学位

○王海椿

　　澳星电视台招聘节目主持人已接近尾声了，录取名额四个，有十名入围者进行最后角逐，已有三人入选，五人被淘汰。还有两名选手，实力大体相当，只是一个是研究生学历，一个是本科。九名评委已有四名同意选那位高学历的。另有四名评委倾向于低学历的选手，认为他表现得更自信。

　　这时，一直沉默不语的原教授说话了。原教授德高望重，年轻时是著名节目主持人，在这种情况下他的意见将起决定性作用。

　　原教授没有急于表态，而是出人意料地讲了一个故事。

　　暑假时，原教授去一个小镇的朋友那里度假。那天他和朋友到镇上溜达，恰好碰到一个小艺术团来这里演出，地点就在镇中心的小广场上。朋友以为原教授见惯了大场面，对这样的演出是不会驻足的。没想到原教授却表现出浓厚的兴趣，边看边说，别小看民间演出，很多艺术都是从民间萌生的。

　　这时，突然发生了一件意外的事情：一个女歌手正在唱歌，一个傻子跑到台上，捧着一朵不知从哪儿捡来的脏兮兮的塑料花。观众轰地大笑起来。

　　这个女歌手没有舞台经验，一时不知如何应对，往一边闪了闪，自

顾自地唱着。傻子站在舞台上,呵呵地笑着。

此时,主持人就站在舞台的一角。在这尴尬的时候,他走了过来,微笑着接过了塑料花,握着傻子的手说:"谢谢这位朋友,谢谢这位朋友!"原教授由衷欣赏这个年轻人的应变能力。

傻子得到夸奖,得意地跑下台去。

没想到的是,当那个女歌手再次上台的时候,傻子又跑了上去,捧着一大束刚采来的野指甲花、鸡冠花。

观众又一次轰地大笑起来,傻子则在台上手舞足蹈。有人打起了呼哨。

主持人上前来,示意歌手接过鲜花,他则面对观众说:"这是真正的铁杆粉丝,他将给我们的歌手很大的鼓励!"他还拥抱了一下傻子,似乎对傻子耳语了一句什么。傻子乐呵呵地跑下台去。

演出继续进行。傻子再没有上台去,安静地在台下看着,直至演出结束。

原教授感觉这是个有智慧有修养的主持人,给傻子以常人一样的尊重,没有一点讥笑的成分。但如果傻子一而再再而三地上台,会严重影响演出效果,使演出变成一场闹剧。

他很想知道主持人是如何使傻子不再上台献花的。于是他向后台走去,想解开这个谜。这时主持人和他擦肩而过,他还没来得及和主持人打招呼,主持人已走到傻子身边,牵着傻子的手,向马路对面走去。原教授更加好奇了,就跟在后面。

只见他们进了一家小餐馆。

原教授顾不上冒昧,作了自我介绍,对他的主持表示嘉许。年轻人的脸微微泛红了,他说自己今年刚大学毕业,主持节目还不成熟。

当原教授问他用什么方法使傻子没有再上台时,他说,我在傻子的耳边说:"送花只送一次就够了,送多了会被人笑。听我的话在台

下听歌,结束了我请你去吃好东西。"

原教授震惊了。因为他完全可以不请傻子吃饭。只要保证正常演出就行了,演出一结束也就没事了。

他说:"人要守信,一个主持人,要对观众负责。尽管他是傻子,我还是要兑现我的承诺,否则就是欺骗。"

原教授讲完了,大家都对这个名不见经传的年轻主持人表示赞许。原教授说,这个学历低的选手就是我在小镇上遇到的主持人。

大家一会儿窃窃私语,一会儿热烈讨论,最后竟一致通过这位学历低的选手入选。

两年多后,年轻的主持人偶尔得知自己被录取的内幕,专程到原教授家去拜谢。原教授说:"对人生来说,爱是最高的学位! 你自己做出了最好的答案,不用谢我。"

远山的大学

○赖全平

我高三应届毕业,高考落榜;远山也是。

1992 年,我"高四"毕业,高考落榜;远山也是。

1993 年,我"高五"毕业,金榜题名;远山落榜。

从小学到"高五"毕业,整整十四年,远山一直跟我同班。远山的家离我家并不远,只隔着一座山头。远山的父母我也熟识,都是地地道道的农民,和我的父母一样,满脑子都是光宗耀祖的思想。也难怪,我家和远山家都是村里的外姓人家,人丁稀少,无权无势,经常被人瞧不起,备受嘲讽和欺凌。两家仿佛全憋足了劲儿,执着地要培养我和远山跃出"农门"。多年来,远近村寨能进城念重点高中的只有我和远山,无奈我俩成绩并不好,实在有负众望。

1993 年 7 月,骄阳似火。当获悉自己踩上师大本科线时,心中升腾起一股从未有过的快意。瞅着身后闷闷不乐的远山,我很难受,却极力劝慰他,就像多年来父母一直劝慰自己一样。远山读书十分刻苦,成绩也一向比我好,无奈每到高考就紧张得要命,屡战屡败,越考越糟,连中专也没捞上,能不伤心吗? 那天中午,我破天荒地请远山去饭店吃大餐。远山不停地祝福我,不停地流泪,一杯接一杯地灌酒,灌得很醉。我深知落榜的滋味,却也爱莫能助,只是极力开导他,鼓励他

再复读一年。不想远山竟嘤嘤嗡嗡地哭起来。"回去就说我也中了，和你一起上了师大录取线！"远山突然止住哭，仰起悲戚戚的脸，语出惊人，硬要我发誓为他保守秘密。我理解远山，远山是个懂事的孩子，他实在不忍心再让父母伤心了。

当我收到鲜红的录取通知书时，远山很失落很无奈。那晚，我和远山都没回去，我们偷偷地请人依葫芦画瓢炮制出一份假录取通知书，同是师大，我读中文，远山读历史。当远山颤颤悠悠地在上面签上大名时，突然觉得不妥，又细心地描了描。

那年暑假，我父亲破天荒地在大厅里摆了五桌，宴请亲朋好友。远山家也一样，只是规模小了些，三桌。我和远山同时进省城上大学的消息犹如长了翅膀，早已传遍远近山寨的每一角落。我是揣着户口上学的，农转非，远山却没有，他说自己是委培生，属定向招生，毕业后还得回来，用不着迁户口。远山的父母有些不解，更有些不悦，但什么也没说。

我和远山都谢绝了父亲要一路相送的美意，一起坐大巴挤火车奔赴福州。当我报到注册后顺理成章地成为一名大学生时，远山却满城市找工作，一到晚上就唉声叹气地挤在我的床上。半个月后，远山终于在市郊觅到一份工作。离开远山的日子里，我的心似乎一下子空荡了许多。十四年啊，整整十四年，我和远山一起上课一起下课，朝夕相处，情同手足，何曾离开过？

一个炎热的周末，我几经周折，终于在一处荒山坡上找到了远山。那是一家小型的石材厂，简易的工棚里，三五个工人正挥汗如雨地忙碌着。我大老远就瞅见了远山——多熟悉的身影啊。远山打着赤膊，正抡着大铁锤狠狠地敲击着坚硬的巨石。我做梦也不曾想到，文弱的远山竟会沦为一名石匠。望着尘垢满面的远山，我禁不住泪如雨下。那天，一向俭朴的远山竟带我上豪华餐馆吃午饭，借着敬酒的机会，远

山不停地提醒我要坚守那份秘密那份诺言。

远山的家信，都是我前往历史系查找，其间也曾丢失过几封。远山用不着家里给他汇钱，但远山的父母月月都汇。远山让父母把钱都汇到我的名下，说我离邮局近，存取方便，也不易丢失。连续两年，远山都不曾回家度寒暑假。远山让我转告他父母，就说他在校外当家教，收入不错。每次我翻过山头按远山的意思解说时，远山的父母嘴上虽没说什么，却是一脸的不悦，总瞅着我，仿佛是我把远山藏匿了似的。因为怕言多有失，我总是三言两语地说完就急急地离去。后来也不烦我口述了，将远山的亲笔书信转交转交就万事大吉。远山写信，从不往家寄照片，远山怕自己的落魄形象让父母瞅出端倪。

瘦小的远山是一名很不称职的石匠，但我猜测远山的志向并不在此。事情正如我所想象的那样，一年后，熟悉了进料、加工和销售等一系列程序之后，远山就开始在四处物色石材工艺经销商了。那年暑假，我通过大学同学的关系，硬是在全省范围内帮远山物色到了十多位经销商，不知不觉也当了一回远山的打工仔。远山很快由一名普通的打工仔一跃成为石材工艺的经纪人，收入颇丰，也颇受老板器重。两年后，远山与人合伙买了辆大货车，跑福州跑厦门跑泉州，业务几乎遍布全省各地。

四年之后，当我揣上鲜红的毕业证和学位证打道回府时，远山却留在了城市。那天，当我气喘吁吁地跑去向他告别时，远山自嘲道，他还没毕业，也不知什么时候能毕业；他的家在城市，不打算回乡下了。"我早料到这一天，这孩子太犟，读书输了，做事未必服输。"当我拿着远山的亲笔信给他父亲看时，没想到他的父亲竟喃喃自语起来。我隐约感到远山的秘密他早已知晓，很是惊讶于一位农民父亲竟会如此深沉和豁达。

毕业后，我顺理成章地成为一名乡村老师，忙教学忙家庭，与千里

之外的远山也渐渐少了联系。如今,远山早已成为一名优秀的石材经销商,富甲一方。一样的大学不一样的人生,我和远山的事再次成为不明真相的乡邻们议论的焦点。在这所没有围墙的大学里,我不知远山算不算已经顺利毕业。远山那个善意的谎言和大学梦,除了我,恐怕没人会再次提起。即便是我,也不愿提及,为了那份曾经的约定和誓言。其实,提与不提又有什么意义呢? 在这所没有围墙的大学里,远山最终成了强者。我真不知,自己何时也能毕业。

去古风中学怎么走

○郭新国

古风中学,是市郊的一所普通中学,距离国道仅一百五十米。但小小的国道两旁商铺鳞次栉比,通往古风中学的小路更是被小商铺和贩夫走卒占住了。古风中学很早以前叫作古月中学,后来古月中学做了初中,古风中学成了高中。但街上的店主们的孩子很少读书,即使读书,开家长会店主们也不去,所以问起古风中学,一问三摇头,总是将现在的古风中学认作若干年前的古月中学。

这倒是给坐在街头候客的摩托佬带来了机会。有一次,我的老乡来访,下了车,问了摩托佬古风中学怎么走,得到的回答是,很远很远呢!我搭你去。于是,载着他兜了一个大圈,收了他十块钱,其实,从国道走来我们学校只要三分钟。老乡那个气啊!

还有一次,教育局的一位新司机送刚分配来的大学生来报到,在我们学校门前的国道处兜来兜去,就是找不到入口,气得大发牢骚。更可笑的是,我们的一位漂亮的女同事刚毕业分配来报到时,问司机去古风中学在哪里下车。司机也不知道。这时车上的一位干瘦的老者说,跟着他走就行了。女同事哪里肯信。自己下了车,七问八问,等到费了一番周折找到古风中学的校长办公室时,发现刚才在车上的老者竟是学校的校长。这段插曲一时成为笑谈。

— { 161 } —

斗转星移，校长换了几个了。我们对新上任的校长提意见，在国道上安个指示牌吧。校长把脸一沉，我们赶紧开溜。后来，我们发现在国道入口处的一间小店的墙壁上，倒是有块木牌，上面用毛笔写着"古风中学由此进"。不过淹没在那些办证工厂招工的广告中，不仔细看，根本不可能看清楚。

工作几年后，我们也学乖了，不再提什么好的建议。当有朋友来找时，我们不时地告诉他，在那个十字路口的大榕树下面走过来。不久，我们又说，从那间小超市旁走过来。再后来，大榕树被砍，我们又说，从××大排档旁边走过来。遇上一些对道路很不熟悉的朋友，我们干脆去国道上去接。

迈入新世纪，国道终于迎来了扩路。昔日窄小的国道变得十分开阔。街上的小店铺顷刻之间风吹云散。陌生人找古风中学更加困难了。

此时的古风中学，也迎来了百年华诞，大家精心准备，迎接各方校友宾客。各项工作紧锣密鼓地进行着。直到校庆的前一天傍晚，校长检查各项工作的准备情况时，各方面都是准备好了的。这时，一位新提拔的年轻主任说，学校周边环境变化大，不知道老校友们是否能顺利找得到校门，他的这个问题马上引起了大家的重视。是啊，多年没回过学校的校友，一时找不到回家的路，这可是我们的责任啊！

有人说，组织几十名学生身披绶带站在通往国道的路上，当迎宾使者。大家觉得天气太热，弄不好搞得人中暑，好喜事办成了坏事。这个建议遭到了大家的否定。这时，总务主任挺身而出，说："这个好办，连夜去找锦旗店做两百面锦旗，上面刻上'古风中学百年华诞'，从国道到学校一路插好。这样还可以起到向社会宣传学校的作用，其广告效应不可预测。"校长一听眉开眼笑，当即吩咐总务主任去完成这项重大任务。总务主任连夜赶到市里的锦旗店，锦旗一条街差不多

都打烊了,好不容易找到一家,答应帮忙做,但价钱要翻倍,总务主任只好答应。

店老板连忙招回员工,连夜加班。不过,价钱涨了一倍。第二天清晨,二百面带着油漆味儿的锦旗准时送到了古风中学。学校支付了几千块钱,立马派人将印有"古风中学百年华诞"的彩旗插在了国道通往古风中学的路的两旁。彩旗飘飘,蔚然成了一道风景。早晨八九点,附近的菜农们睁着一双好奇的眼睛,说:"原来这所学校叫古风,原来的古月改名了。"

因为有了两百面彩旗的指引,校友和社会各界慰问团没费什么劲儿就找到了学校。学校的学生志愿者的主要工作就变成了在校园里迎来送往。

校庆如期举行,一个一个的程序安排得井井有条,校友们和社会各界人士的捐赠更是将校庆的气氛推向高潮。校长们非常兴奋,两个多月的努力终于没有白费。正当作为最后的捐赠仪式快接近尾声的时候,一个十多岁的小学生穿着校服,扛着一块东西走近了主席台旁的捐赠点。大家的眼光都被他吸引了。纷纷猜测那扛着的近两米长的木板是什么。一块镜子,或者是一块"德艺双馨"的匾额。人群中有人小声议论着。主持人也恰巧注意到了大家的注意力被吸引走了。急中生智,对着麦克风喊道:"我们很高兴迎来了最后一位捐赠者,下面我们把他请到主席台上,当场捐赠,好不好?"全场一片叫好声。

小学生怯怯地被学生志愿者领到了主席台上。主持人把话筒对准了他,他紧张地讲道:"我爸爸是这个学校的校友,他的腿不方便,在这个街上做补鞋匠。他说,这些年,本地的路变了,老校友回学校不方便,在街上问路经常被骗,听说学校开校庆,他没什么好表示的,捐了一块牌子。"这时,学生志愿者已经打开了,只见一块绿色的玻璃

牌,正反面都写着:"古风中学,由此进一百五十米。"

在台上就座的历届校长的脸全变了。全场一片寂静,一秒,两秒,三秒,霎时,传来一片雷鸣般的掌声……

我儿子是北大生

○刘东伟

你找谁？门卫伸手拦住一瘸一拐的乡下老汉。

我儿子是北大生。乡下老汉说。

你儿子是北大生？门卫看看穿一身破烂衣服的乡下老汉,笑了,你儿子会是北大生？

乡下老汉骄傲地"嗯"了一声,我儿子真的是北大生。

这几天,正是送新生进校的高峰期,来自各地的家长、新生出出进进,乡下老汉一声"嗯",引来不少人围观。

乡下老汉挺着腰板又大声说了一遍。围观的人呵呵大笑,显然,谁也不相信他的话。

门卫说,老哥,你知道北大是什么地方吗？中国最权威的高等学府。

乡下老汉涨红了脸,歪着脖子说,我儿子真的是北大生。

这时,一位干部模样的家长走了过来,说,老哥,你是不是记错了,你儿子考取的是北大吗？

乡下老汉指着教学楼上那神圣庄严的"北京大学"四个字说,就是这里。

干部问,那你儿子叫什么名字？

国庆,他叫王国庆。

干部一愣。

这时,人群中一个戴眼镜的新生"啊"了一声,说,王国庆是我们班的,我这就去唤他。说着,"眼镜"飞也似的跑进校园。

过了一会儿,一个白净的青年被"眼镜"拉了出来。乡下老汉朝前迎了几步,神情激动地说,孩子。

白净青年一脸茫然地说,你是谁?

乡下老汉伸出粗糙黝黑的手,去摸白净青年的头,孩子,我是你爹啊,你怎么连爹也不认识了?

白净青年挡开乡下老汉的手,说,我不认识你,你怎么随便占人便宜?

你……你……

乡下老汉的脸再次涨红了。

围观的人一阵哄笑。

"眼镜"说,国庆怎么会有你这样的爹,他说他爹是大干部呢。

乡下老汉从怀里掏出一个刺绣的荷包,上面绣着"王国庆"三个字。

孩子,这个荷包你认识吧,在你入学的前一天,你娘连夜绣的,你不认爹不要紧,这里面曾装过爹和娘的血汗钱,整整一万五千元,都给你交了学费。

白净青年愣愣地看着那个荷包。

"眼镜"惊讶地问,国庆,你不是说,这荷包是你爸去杭州出差时给你定制的吗?怎么到了这老头儿手里?

人群里嗡然有声,有人开始怀疑白净青年和这个乡下老汉的关系。有人小声说,瞧了吧,这小子肯定是不敢认爹。有人小声说,现在的小青年啊,都这样,怕人瞧不起。

白净青年脸色变了几变,突然一把抓过荷包,喝道,你这个小偷,原来在饭馆里是你偷了我的荷包。

人群又是一阵议论。瞧,儿子狠心不认亲爹,看这场戏怎么收场。

门卫听白净青年一说,一瞪眼,我早就看这老头儿不是好东西了,送他去公安局。说着,上前把乡下老汉的胳膊扭住。

白净青年说,门卫大叔,算了,让他去吧,只是一个荷包,里面没什么值钱的东西。

门卫扭着乡下老汉的手松了。

乡下老汉趁机挣脱开手,大声说,你干什么?我是来找儿子的,我儿子是北大生。

门卫笑着说,你说他是你儿子,有什么证据?

乡下老汉抬头看到院内有两排树,便说,我会爬树,我会摘果子,当年我儿子小的时候,我常带着他去后山的果林里摘果子。

围观的人看看他那条瘸腿,都笑了。

乡下老汉红着脸说,我的腿就是那时候摔瘸的,没办法,我们山沟里穷,有时,把野果子当饭吃。

门卫说,那你爬给我们看,摘给我们看。

乡下老汉一瘸一拐地来到靠近的树下,伸手抱住树干,脚抬起来,又落下,落下,又抬起来,样子很滑稽,爬了十几次也没爬上去。

门卫说,老兄,不用再试了,你编什么谎话不行,偏说自己会爬树。

乡下老汉两手的指甲紧紧地抠进树干中,掌心磨出了血丝,但他仍然执拗地爬着。

嘲笑声不知何时停止了,周围静得只剩下乡下老汉大口大口的喘息声。

突然,白净青年往前迈了几步,"扑通"一下跪在乡下老汉身后,两眼含泪,叫了声"爹"。

乡下老汉慢慢地回过身来，宽慰的脸上挂着两行浑浊的泪水。

乡下老汉把青年搂抱在怀里，呵呵一笑，孩子，好好念书，给爹争口气。说完，老汉向众人连连点头，高高兴兴地离开了。

这时，干部来到白净青年的身边。

白净青年苦笑着说，爸，在饭馆看到这位老伯时，他还哭着闹着说他的儿子不争气，连个专科学校也没考上，想不到又来北大找儿子，看来他对儿子的希望很大。

干部点点头，说，孩子，你做得对。

向一只伟大的知了致敬

○宁柏

那天其实和我在整个大学里的所有日子没什么两样,混混沌沌,无精打采,附近的练歌房里,依然年复一年地发出"啊啊啊啊啊啊"的单调无味的噪音,真担心那群漂亮的艺术系女生被教育体系培育成大脖子的知了。

我还在迷糊时,半截粉笔准确无误地击中桌上为我站岗的那本书,书应声倒下,倒在了我那摊散发着臭味的口水上。

这位同学,请问西方哲学史上实证主义的创始人是谁?教授很平静、很有耐心地等待我的回答。教室里安静得很,只有咯吱咯吱作响的吊扇一下一下地拂动着教授头上屈指可数的头发,使人老是幻想,若是被吹走一根,他该会可惜好长一段时间吧。

教室里本来就几个人。想必这几个人也和我一样得了师兄师姐的真传:大学也就那样子,多到课堂上露露脸混个面熟,教授多多少少都会给点人情分的。大学几年我唯一值得骄傲的,就是成为班上少数几个全部课目都及格的成功人士之一。这得归功于我顶着春困、夏困、秋困、冬困,趴在课桌上听教授们无边无际的鼓噪的惊人毅力。

宗磊坐在我旁边,对着我做出圆圆的嘴型,我领会了,答道,欧文。西方的欧文和我们中国的周姓、李姓、陈姓、张姓一样,都是大姓氏,没

准就蒙对或沾了边呢。

教授没说正确，也没说不正确，叫我坐下，又叫宗磊站起来。我以为他不打盹儿，能答出来，谁知他也光傻站着。我强忍着，肚子笑得都快抽筋了。他显然对我这种落井下石的行为表示愤怒，狠狠地踩了一下我的脚趾，疼得我也把嘴张得圆圆的，就是不敢发出声来。

和其他教授面无表情、照本宣科、踩着下课铃声出校门不同，这位教授很认真，见我们俩都答不上来，就说课后继续交流。

教授骑着破旧的摩托车在前边引路，我们骑着破旧的自行车在后边跟着。转了几条街巷，在一栋小楼前，教授示意我们等他一会儿，他先上楼放教义。想了一下，他说，你们也别闲着，帮我把树上的那只知了赶跑——吵得人心烦。

我和宗磊就双手叉腰，并肩战斗，对着楼前那棵树喊，那谁谁，别东张西望，就是你了，快闭嘴！叽叽喳喳的，烦不烦啊？

喂，听见没有？还有完没完啊？你又不是帕瓦罗蒂，有点自知之明好不好？

得得得，别骂了，我还不如听它鼓噪呢。教授很快下来，对我们这两个没用的家伙哭笑不得。

我发誓我从没想过教授接下来的交流要在饭店里进行。我还发誓宗磊肯定也没想到过，因为到了饭店门口，他有意识地磨蹭，退到了我后面。

三个人，教授点了五菜一汤。真够奢侈的。望着半桌菜，我心疼了——我一周的伙食费啊。

你们俩是兄弟？

对。

你叫班草？他叫班丑？

我们俩大笑起来。是这样的，我们班不是男生少嘛，整天去上课

的更少，基本上就我们俩。那几个女生说，别班都选有最帅的和最丑的，我们班也得有。她们选来选去，觉得我俩长得都差不多，只能用抛硬币决定，结果，我成功地当选了班草，他只能当班丑。

哦，你们都不姓班？

慌忙把自己尊姓大名报上去。心想，如果改卷时老师能对得上号，破费一次也值了。

见我们都不怎么动筷子，教授笑了，吃吧吃吧，这餐我请你们。宗磊这才张开他的巨嘴，孜孜不倦地嚼着、吞着。

想知道我为什么要请你们吗？因为，我要感谢你们俩！

感谢我们？我举着一只鸡腿，都忘了往嘴里送。

对，感谢你们。是你们在最关键的时刻帮了我一把。很多人都羡慕我平稳舒适的生活，但当我发现内外因素决定我在某方面不可能有突破之后，我会寻找新的生活。下午，那么简单的问题，你们都回答不了。教授笑了笑说，知道吗？你们在我家楼下骂的话，使我更认定了自己的想法没错。我不是那只知了，我能听懂，你们那是在指桑骂槐呀。哈哈，骂得好！

教授说，今天他终于知道自己五十岁并没有老，粉笔从那么远的讲台出发，还是扔中了，不减当年三分球"神投手"的风采啊。

教授喝了不少酒，说了好多话，但他始终没说出他的想法是什么。

从那以后，学校的教学体系发生了很大变化。那个请我们吃饭的教授，提交了一沓厚厚的课堂教学改革建议后辞职，创办了全市首家科技公司。当然，这些都是听师弟师妹们说的，因为我们很快就毕业了。

那天，我们感觉被教授宴请是件特荣光的事，觉得他是个不一般的教授，以至饭后回到学校，我跳上教室前的一块石头，以班草的名义，以帕瓦罗蒂的姿态，以"啊啊啊啊啊啊"的美妙歌声，赞美教授。

宗磊蹲在下边，用四十五度角仰望着，感叹着说，啊，我们真是别人心目中的神——

可惜那群还扎着马尾辫的艺术系新生不解风情，春心不发，补上"经病"两字，就面不改色地走过去了。

温暖的风

○戚富岗

为了迎接六一儿童节，全市八所小学联合举办了一次"新星杯"作文大奖赛，要评选出最优秀的小作者。参赛小学生有三千多名，作文题目是半命题式的，叫作"我最喜欢……"。

小学生写出来的作品五花八门，有的写"我最喜欢妈妈"，有的写"我最喜欢玩"，还有的写"我最喜欢吃巧克力"……经过数十位阅卷老师的紧张评审，最后评选出特等奖一名，一、二、三等奖各若干名。

随后，在市体育馆举行了隆重的颁奖晚会。由于市纪委是此次活动的赞助单位，因此，市纪委书记杨正超被主持人请到主席台上担任颁奖佳宾，由他给特等奖小作者颁奖。

获得一、二、三等奖的小作者领完奖后，特等奖的小作者上场了。她是一个十一二岁的小姑娘，穿得很破旧，但是两只乌黑的大眼睛透着灵气，她叫孟曼。

主持人宣布："现在有请纪委书记杨正超上台为特等奖获得者孟曼颁奖。"杨书记兴冲冲地走上台去，一边从礼仪小姐手中接过奖杯交给孟曼，一边问孟曼："小朋友，你这次写的作文题目是什么呀？"孟曼回答："我写的作文题目是'我最喜欢塑料袋书包'。"孟曼的回答把杨正超弄糊涂了。"你最喜欢塑料袋书包，这是为什么呀？"主持人见

杨书记对小孟曼写的作文很感兴趣,就说:"要不这样吧,孟曼,这里有你的作文原稿,你现在把它念一遍吧,让杨书记还有现场的同志都欣赏一下。"孟曼点头,主持人就拿来孟曼的作文交给孟曼。孟曼念道:

"在我们的同学中,王子怡说她最喜欢帆布书布,贴身、好洗,上面还有好看的图案;刘冰冰说她最喜欢'背背佳'书包,背上后能让她身姿更挺拔;李薇说她最喜欢牛皮书包,结实又时尚。她们问我喜欢什么书包,我说,我最喜欢塑料袋书包,便宜、不用清洗,如果破了,从奶奶捡的塑料袋里挑出一只最漂亮的换上就行了。

"听了我的回答,她们都笑我,说我是穷鬼,只能用塑料袋书包。是,我家穷,因为,我的爸爸妈妈去世得早,我和我的奶奶相依为命,我的奶奶靠捡破烂养活我。但是,我真的感觉塑料袋书包很好用。用这样的书包不用像买帆布书包、'背背佳'书包、牛皮书包那样花钱,省了钱,就省了奶奶的劳累,我不想让我的奶奶劳累。

············

"现在,如果你问我最喜欢什么样的书包,我仍然会固执地回答:'我最喜欢塑料袋书包!'"

孟曼清脆的声音在偌大的体育场里回荡,三千多人的体育场里,突然变得安静极了,女主持人的眼睛也红红的。人们都被孟曼的作文感动了。

颁奖晚会结束后,最先走出会场的是杨正超书记。司机问他:"杨书记,去哪儿?"他说:"去孟曼家看看。"

后来,孟曼家的邻居看到,孟曼背上了崭新的"背背佳"书包,还换上了漂亮的新衣服。邻居问孟曼的奶奶:"什么时候买的?"孟曼的奶奶自豪地说:"刚买的,是市纪委的杨书记给买的。"人们后来发现孟曼再也没用塑料袋当过书包,并且穿上了得体的衣服。市纪委杨正

超书记同孟曼家结成了帮扶对子。

老师问她:"孟曼,你是喜欢塑料袋书包,还是这样的新书包呢?"

孟曼不假思索地回答:"我喜欢这样的书包。"

老师微笑着道:"这么快就把艰苦朴素的作风丢了?"

孟曼摇头:"因为这是杨叔叔给我买的书包,它会时刻提醒我努力学习,将来成为国家的有用人才,这样才对得起杨叔叔。"

老师的微笑更甜了。

几年后,孟曼通过自己的努力,考入了一所理想的大学,拿到通知书后她没忘记给杨叔叔报喜。

在大学里她还经常写信给杨叔叔谈学习、谈理想。杨正超书记在信中问她毕业后工作上有什么打算,她回信说,准备放弃留在大城市的机会,回到乡里当一名教师,尽自己的能力帮助孩子们成才。因为她知道在一个孩子的心灵深处种下爱的种子有多么重要。读着孟曼的信,杨书记抬头望了一眼窗外。已是花儿绽放、新芽吐绿的季节,一缕缕暖风迎面拂来。

蚂蚁搬家

○刘正权

天阴沉沉的,小丽依然弓着腰,在路边的草丛里拨拉着。

小丽听老师在课堂上讲过,下雨前,蚂蚁会急急忙忙爬出洞,成群结队地搬家,千千万万只小蚂蚁聚在一起,形成一条蠕动的黑线,场面是蔚为壮观的。

小丽只在电视和图书上见过蚂蚁,在都市里长大的小丽,连见一只寻常的麻雀都得求助于雪地里的冬天,更不用说一只小小的在草丛中生活的蚂蚁了。

城市只有草坪,没有蚂蚁出没的草坪。

幸好小丽有一个远房舅舅在乡下,一个远得三五年也不大走动的舅舅。小丽这会儿在舅舅家过暑假。

想看蚂蚁搬家得在雨天,这不,天一阴,小丽就拿了根可以伸缩的棍子出来了。

有路人经过,问小丽:"找什么呀,小丽?"大伙儿都认识这个大城市里来的小女孩,一身华贵典雅之气,是他们眼里的公主。

"找宝贝呗!"小丽嘟着嘴,不情不愿地回答。小丽是个做事认真的女孩,那个书本上一会儿捉蝴蝶,一会儿追蜻蜓,又想钓上鱼的小猫,小丽最不喜欢了。

"什么宝贝呀?"路人讨好地问小丽,想套出小丽在找什么值钱的东西——能让一个娇生惯养的城里女孩满头大汗在草丛中拨拉的东西,肯定价值不菲。

"偏不告诉你!"小丽白了路人一眼,不理他了。

一定是小丽把从城里带来的宝贝弄丢了!路人这么猜测,立马停住脚步,俯下身子,跟在小丽后边拨拉起来。

又有路人经过,喊早先那人:"干什么呢?快下雨了还不回家?"

"找宝贝呗!"早先那人顺嘴一答,答完又觉不妥,"啥也不找,陪人家小女孩玩来着!"

"啥也不找?哄鬼呢!这家伙,就是草丛里掉根针,也要挑灯连夜寻。没宝贝他会费这份劲儿?怕我得了好处吧!"这人一寻思,就不吭声了,捋起袖子,蹲在早来的那人的后边也在草丛中拨拉着。

天气越来越闷热了!云在头顶上堆集起来。

又是一群收了晚工的男人路过:"嘀,看这两男一女在草丛中拨拉的,啧啧,那个认真劲儿,不是丢了金银首饰就是珠宝钻戒!"一大帮人悄悄扔下身上的工具,每人折了一根小棒,悄悄蹲下来,睁大双眼,将前面刚刚拨拉过的草丛又拨拉一遍。

开始有稀稀疏疏的雨点降落下来,雨一下,蚂蚁一准儿就会出洞搬家,小丽干得更欢了,连脸上的汗珠都顾不上擦。

没人擦汗,生怕擦汗的瞬间,宝贝就从眼前溜走了。古话说了,金银珠宝都是能走动的物件,马虎不得。

有孩子出来寻爹回家吃饭,三三两两的也加进"找宝"队伍中,跟着各自的爹,紧紧张张的模样,大气也不出,漫无目的地在草丛中搜寻。

雨点由稀稀疏疏逐渐密了一些,开始有水从路面的高处往低处流。小丽想了想,自己待在路面的高处是不行的,蚂蚁即便搬家,也该

从低往高搬。小丽拍拍手,起身,走到路面低的那边草丛里。

人群疑惑了一下,接二连三地跟着小丽从高处移到了低处。

女人们在家烧熟的饭菜都凉了,还不见大人孩子回来,女人们就抬头焦急地看天,摸出雨衣披上,再夹上两把伞出了门,寻了过来。

喊男人,男人全不说话,低了头拨拉着草丛;问孩子,孩子不明所以。看那神态,大家都很神秘,很凝重,很小心翼翼,一准是寻宝贝来着。

聪明点儿的女人立马蹲下身子,跟男人一起睁大眼睛在地面搜寻;笨点儿的脑子转上几圈,也明白了个八九不离十,明白了就不再发呆,一个个赶忙蹲下身子,生怕错过了寻宝的大好时机。

人越聚越多,队伍越拉越长。

雨越下越密,云层越堆越厚。

小丽手腕发酸,腰也开始胀疼起来,小丽的眼睛也有点儿模糊了。

忘了告诉大伙儿,小丽的眼睛有点儿近视。

天终于暗下来,小丽嘟哝着站起身,准备回舅舅家。恰好一道闪电划过,小丽看见面前蠕动着一道长长的黑线。

小丽一声惊叫:"找着了,找着了!"

所有的人都受了遥控似的,"唰"一声全站起来:"在哪儿? 在哪儿? 是什么?"

"蚂蚁搬家啊!"小丽吓一跳,一指脚下,咦,刚才蠕动的那群蚂蚁呢? 咋全变成人啦?

小丽胆小,小丽捂上眼睛就呜呜地哭起来啦!

疏　忽

○刘正权

　　老师一再强调,明天公开课上,举手发言一定要积极,要踊跃。不过,老师扫一眼小慧,又再三叮嘱,不能回答也不要滥竽充数。

　　小慧知道老师的意思,老师是在暗示自己呢,小慧成绩不太好,还怯场。老师不想自己辛辛苦苦排了三四遍的公开课让小慧给搞砸了。

　　小慧很想举手发言回答老师的提问,这些问题都背得溜溜熟了。小慧发言不是想出风头,小慧只想听老师表扬她一句:"江小慧,你真棒!"老师已表扬过其他同学好多回了,却从没表扬过小慧一回,就算是施舍也该轮到她了。

　　小慧很激动,为明天的公开课激动,为公开课上的施舍激动。

　　小慧夜里睡不着,想象着公开课上自己小手举得高高的,老师点了她的名后,身子站得直挺挺的她双手背在后面,十分流利地回答的得意劲儿。老师当时一定睁圆了双眼,脸色激动得通红,抚摸着她的小脑袋,一个劲儿表扬:"江小慧,你真棒!"

　　所谓的公开课,不过就是公开作弊的一节课,除了讲课的老师唾沫横飞外,听课的大都没什么兴趣,腻了,没什么新鲜玩头,如同猫追尾巴的游戏,头一次追是新鲜,再转个不停地追就是无聊。

　　小慧不觉得无聊,小慧第一次在城里上公开课,小慧的父母在城

里打工,小慧是借读呢!老师准备了很多问题,也在每个问题后面排上了提问学生的名字。小慧不知道这些,小慧只管将小手高高举着,不管不顾地举着。小慧想,你总能看见我的。正如小慧昨天想的,就是施舍也该轮到我了。

老师开始还没在意这双小手,老师讲得很投入,学生也回答得很精彩,老师很满意自己精心的编排。四十分钟其实是个很短的时间,但对小慧来说却是漫长的,她的手臂始终处于临战状态。先前的小慧还能听见老师讲些什么。再以后,她除了听见同桌窃窃的笑声,看见那些回答问题受到表扬的同学得意的一瞥外,她什么也不知道了。小慧的眼泪开始不争气地往下流,如同一个赴宴的孩子,刚刚尝了几个配送的小菜,主菜正上时却被强行赶走,能不委屈吗?

公开课结束了,听课的老师们陆陆续续走了,只剩下老师在台上收拾讲义。老师这会儿才发现小慧的手依然举着,眼泪哗哗淌着。老师问:"江小慧,谁欺负你啦?"

小慧摇了摇头。

老师很疑惑:"没人欺负你哭啥? 是不是哪儿不舒服?"

小慧还是摇头。

老师有点生气:"既没有不舒服又没人欺负,你哭的哪门子呀!"

老师很不满地走了。

小慧放下举得发酸的小手,擦了把眼泪,从书本上一把撕掉了刚才的那一课。

打那儿以后,小慧再也没有举过手,甚至小慧还落下一个毛病,一上公开课就莫名其妙地流泪,没来由地感到不舒服。

老师就很奇怪,说带了那么多的学生,像江小慧这样的学生还真是让人越教越糊涂。

全 家 福

○朱耀华

火车晚点，离出发还有三个多小时。

我们坐在拥挤的候车室里。我和紫菀坐两边，儿子坐在中间。儿子就要去另一个陌生的城市上大学了，这是他第一次离开他的母亲出远门。时间过得真快，仿佛只是转眼间儿子就已经长大成人。这个时候，我才强烈感受到，我们老了，真的老了。尽管紫菀精心装扮过，我仍然清楚地看见了她头上的白发，还有爬在脸上的深深的皱纹。和十三年前相比，她的变化是显而易见的。我的心里有一种抑制不住的沧桑感。的确，岁月最是无情物啊。

候车室嘈杂的声响和龌龊的空气使我感到烦闷。我试探着要求道："我们找个地方吃点东西吧。"

儿子摇摇他母亲的肩膀说："妈，走吧，我也饿了。"

紫菀匆忙看了我一眼，轻声对儿子说："你们去吃吧，我照看行李。给我带个盒饭就行了。"

儿子搀住紫菀的胳膊，说："那怎么行？妈，你不去，我们当然也不去。""不，你去吧。"紫菀推了他一下，"去吧，跟你爸。"

"不去。"儿子赌气的样子。

紫菀只好站了起来："走吧，走走也好。"

{ 181 }

儿子高兴地拎起行李，我想接过来，儿子不肯。站起来，儿子已经比我高了半头。

外面下起了小雨。我把伞递给儿子，儿子接过去，递给她母亲。我则用一张报纸遮住了头顶。我们来到火车站旁边的一个小酒楼。服务员拿来菜单，我点了两个菜，特意点了一个"清蒸鲫鱼"。这是紫菀以前最喜欢吃的。以前，在家里，我是地地道道的烹调爱好者，我喜欢亲自下厨，灶台上也一直都放着好几本烹调书，让我照本宣科。这一点，我和紫菀可以算得上珠联璧合，她呢，是个纯粹的美食家。几乎每隔一段时间，我都要做一道"清蒸鲫鱼"。我煞有介事地告诉紫菀，这道菜又补身子，又可以美容，以前可是宫廷菜谱上的。紫菀故作恍然大悟地说："怪不得我这么好看呀。"

在我眼里，那时候的紫菀真的很好看。那时候，我们的日子简单而快乐。儿子点了他最喜欢吃的炒蟹，然后把菜单给了紫菀。儿子说："妈，你点吧。"紫菀推了一下，说："你们点了就行了。"

儿子不依："不能客气，爸爸请客。"说完，还向我挤挤眼，"是吧，爸爸？"

我说："当然。"

紫菀只得拿起菜单。紫菀看了看，点了一个"麻婆豆腐"。我心里动了一下，这是我以前最喜欢吃的家常菜，而且这道菜通常是紫菀来做。我很久没有吃过了，我好像已经把它忘了。

儿子欢喜地说："好了，四菜一汤，国宴标准。"

我说："谁说过这是国宴标准啊？"

儿子不服气地望着我："不是吗？我觉得国宴就是这个样子啊。"然后，他扭头望着紫菀，"妈，你说，国宴是不是这个样子？"

紫菀轻轻笑了。紫菀说："我又没吃过国宴。你说是就是吧。"

儿子对我说："还是妈妈知识渊博。"

紫菀在他头上拍了一下。

吃饭的时候，我和紫菀都把菜往儿子碗里堆，儿子说："你们把我当大熊猫吗?"然后,也报复似的往我们碗里夹菜。

我对儿子说："以后,一个人了,吃的穿的不要太节约,差钱了打个电话。"

儿子说："嗯。"

紫菀对儿子说："读大学了,有合适的女孩也可以谈,只要不影响学习。"

儿子说："那还用说。"

吃完饭,我们重新来到火车站。坐了一会儿,那趟车就开始进站了。我们买了站台票,把儿子送到了里面。月台上熙熙攘攘,紫菀拉着儿子的手在前面走,一直不断地叮嘱着。我拎着儿子的行李跟在后面。到了,十一号车厢。儿子突然站住了,说："爸,妈,我们合张影吧。"

我和紫菀都怔了一下,我们没有想到儿子会提出这个要求。

儿子手里握着数码相机,眼里流露出恳切。儿子说："爸,妈,我们还没有一张全家福哩。"

我用探询的目光看着紫菀,紫菀默认了。

儿子高兴地拉过一个中年人,把照相机塞到他的手里,说了声"劳驾"。中年人热情地指挥我们靠拢点,再靠拢点,然后摁下了快门。

儿子上车了,儿子在车窗里向我们招着手。火车"呜"一声,慢慢地跑出了我们的视线。

我的心一下子空了下来。紫菀把伞还给我,用手掠了掠头发,似在抹眼泪。我试图和紫菀说点儿什么,却什么也没说出来。紫菀终于背向我,离开站台,汇入人流,不见了。

　　我站了一会儿,有些失神。这是离婚十三年来,我和紫菀第一次隔得这么近,但又似乎是那样的远。雨渐渐地大了,我打开手中的雨伞,才发现里面有一张字条,上面有我曾经熟悉的笔迹,已经被雨水洇湿了,两个字:保重。

　　"呜"一声,又一列火车进站了。